빠라끌리또
paráclito

빠라끌리또 8

가프 장편 소설

초판 1쇄 찍은 날 § 2016년 5월 2일
초판 1쇄 펴낸 날 § 2016년 5월 9일

지은이 § 가프
펴낸이 § 서경석

편집책임 § 조현우

펴낸곳 § 도서출판 청어람
등록번호 § 제387-1999-000006호
등록일자 § 1999. 5. 31
어람번호 § 제1-2418호

주소 § 경기도 부천시 원미구 부일로 483번길 40 서경B/D 3F (우) 14640
전화 § 032-656-4452 팩스 § 032-656-4453
http://www.chungeoram.com
E-mail § chungeorambook@daum.net

ⓒ 가프, 2015

ISBN 979-11-04-90788-3 04810
ISBN 979-11-04-90549-0 (세트)

※ 파본은 구입하신 서점에서 교환하여 드립니다.
※ 저자와 협의하여 인지를 붙이지 않습니다.
※ 이 책은 도서출판 청어람과 저작자의 계약에 의해 출판된 것이므로,
  무단 전재 및 유포·공유를 금합니다.

paráclito

빠라끌리또

⑧ 가프 장편 소설

도서출판
청람

paráclito

빠라끌리또

CONTENTS

1장
살아 있는 육부적(肉符籍)

개운하게 노윤종 사건을 마무리한 승우, 퇴근 이후에 삼겹살 전문 술집에 들어섰다.

"여기요!"

소란스러운 테이블 가운데서 유정하가 손을 들었다. 그녀, 벌써 앞치마를 두르고 삼겹살을 인정사정없이 자르는 중이었다.

"왜요? 이상해요?"

승우가 엉거주춤 서 있자 유정하가 물었다.

"조금은……."

솔직하게 말해 버렸다. 왁자지껄한 삼겹살 술집 안, 그녀는 어울리지 않았다. 가릴 곳 다 가렸는데도 이토록 우월한 스타일. 적어도 프랑스 전문 식당에서 스테이크를 썰어야 할 미모이기 때문이었다.

"저 이런 데 좋아해요. 앉으세요."

유정하가 웃었다. 철컥철컥 익숙한 가위질을 끝낸 그녀는 미리 시킨 소주병을 내밀었다.

"소주 마실 줄 아세요?"

"그거야······."

승우가 잔을 내밀었다.

꼴꼴!

술 나오는 소리는 청아했다.

유정하!

그녀를 이렇게 만나게 된 건, 느닷없이 걸려온 전화 때문이었다. 규리를 만나고 상경하던 그녀가 번개를 날린 것이다.

검토할 사건이 있어 거절했지만 그녀가 협박 아닌 협박을 해왔다.

—사기를 쳤으면 책임을 져야죠.

사기!

그건 규리의 점이 신통치 않았다는 의미로 들렸다. 그렇지 않고는 그녀가 승우에게 사기 운운할 일은 없었다.

"건배해요!"

유정화가 먼저 잔을 들었다. 승우는 대략 잔을 부딪쳐 주었다.

원샷!

술이 그녀의 도톰한 입술 안으로 자취를 감췄다.

"저도 한 잔 주세요."

곧 바로 술잔을 내미는 유정하. 승우가 바라보자,

"자작하면 앞 사람 혼인길 막히는 거 아시죠?"

"뭐 상관없습니다만……."

말은 그렇게 했지만 술병은 들었다. 술 한 잔 따라주는 게 뭐 그리 어려울까?

"어떤 죄목의 사기죠?"

술병을 내려놓은 승우가 물었다.

"성질 되게 급하시네. 준 술은 마시고 대답해도 되죠?"

"……."

"캬아!"

유정하가 감탄사를 밀어냈다. 누가 보면 주당은 저리가라로 보일 정도였다.

"여자들은 삼겹살 별로 아닌가요? 지방 덩어리라……."

승우가 묻자,

"누가 그래요?"

바로 눈을 치켜뜨는 유정하.

"뭐 아니면 말고……."

"어휴, 이러니 아직 여자가 없지."

"예?"

"규리한테도 사기나 치시고……."

"내가 사기를 쳐요?"

"그렇잖아요? 옷깃만 스쳐도 인연이라는데 기껏 다리 놓고 간 사람을 생판 모르는 여자니까 알아서 하라고 했다면서요?"

"……?"

"그거 사기 아닌가요? 생판 모르는 건 아니잖아요?"

유정하가 대차게 눈을 흘겼다.

"그, 그건……."

승우, 답변이 궁색해졌다.

"인정하면 이 술은 검사님이 쏘세요."

"……."

"술잔 빈 거 안 보여요?"

유정하, 그새 잔을 비우고 승우를 빤히 쳐다보았다. 그러자 이웃한 테이블에서 빈정거림이 들려왔다.

"아, 그 새끼… 눈치 더럽게 없네. 여자가 한 번 대주려고 맛탱이 가려는 모양인데 꽉꽉 부어주고 여관 가서 떡이나 치지 말이야……."

그 소리가 유정하 귀에 들렸다.

"잠깐만요."

술잔을 내려놓고 대신 물 잔을 집어든 유정하. 그 테이블로

가더니 깡 좀 있음직한 수컷 머리에 살포시 들이부어 버렸다.

"아저씨, 이제 술 좀 깨죠? 입조심하세요."

"아, 이런 썅!"

발끈한 수컷이 의자를 박차고 일어섰다.

하지만!

"억!"

그는 신음과 함께 주저앉았다. 유정하의 킬힐이 작렬한 것이다.

"사과하실래요? 아니면 성희롱으로 경찰 부를까요?"

승우는 수컷들을 경찰에 넘길까 하다가 그냥 지켜보았다. 정중한 듯 몰아치는 폼이 보통이 아니었다.

"미안합니다. 이놈이 술 마시면 괜히 말이 많아져서……."

다행히 그쪽 동행들이 사태를 수습해 주었다. 유정하는 아무 일 없는 듯 자리로 돌아왔다.

"얘기 계속할까요?"

유정하가 웃었다.

"나보다 낫군요."

"칭찬이죠?"

"그럼요."

"나가요. 사기죄는 삼겹살로 갈음하고… 애기선녀 점이 작살 간지 적중이던데 차는 제가 낼게요."

소주를 비운 유정하가 가방을 들고 일어섰다.

어쩌면 일방통행.

단언코 대학교 이후에 이런 일은 없었다. 맹세코 검사가 된 후로 이런 여자는 없었다. 세상의 모든 여자가 승우 앞에 벌 벌 긴 건 아니지만 그렇다고 콧대를 세우지도 않았었다.

그런데…….

명물이 나타났다.

*   *   *

고난도 전략일까?

그런 생각이 들기는 했다.

검사…….

비록 무게가 많이 빠지긴 했어도 아직 잘나가는 신분이다. 여전히 열쇠 3개를 준비하는 신부들도 있기는 했다.

그러니 이 여자, 털털한 척, 수수한 척하는 콘셉트로 작업 을 하고 있는 건가?

그렇다면 그녀가 이번에 갈 곳은 럭셔리한 카페였다.

테이블 삼겹살 소주부터 비싼 카페까지 두루 가리지 않는 여자. 그래야 승우의 상상과 맞아떨어지는 견적이기 때문이었 다.

결론을 말하자면 승우는 바로 헛물을 켜고 말았다.

그녀가 쏜 차는 길거리표 테이크아웃이었다. 브랜드 프랜차

이즈가 아니라서 3,000원이면 넉넉한 커피.

그런 다음, 건물 짜투리에 설치한 의자에 앉았다. 뭐 나름 보헤미안 같아 운치가 있기도 했다.

시험하는 걸까?

시험당하는 걸까?

승우는 살짝 헷갈리기 시작했다.

"앉으세요."

또다시 그녀가 먼저 자리를 권했다. 이상하게도 주도권은 여전히 그녀가 쥐고 있었다. 그런데도 화가 나지 않았다. 참 이상한 일이었다.

"애 있어요?"

그녀, 느닷없는 질문 포화로 길거리 의자에서의 대화를 시작했다.

"예?"

"규리라는 꼬마 무당이 그러던데요? 검사님 보면 민민에게 인사 전해달라고."

"아!"

"민민이 누구냐고 했더니 자기 친구래요."

"아……."

"규리가 다섯 살이라던데……."

그러니 당신은 알고 보니 싱글 대디?

원래는 그런 표정이어야 했다. 그런데 유정하는 밤하늘을 보고 있었다. 별도 하나 없는 하늘을……

볼수록 묘한 여자였다.

"내 아들 맞아요."

승우, 살짝 빈정이 상하면서 멋대로 대답해 버렸다.

"잘생겼나 보죠?"

유정하는 눈썹 하나 까닥하지 않고 바로 응수했다.

"예?"

"규리가 점도 잘 치지만 보통 예쁜 게 아니더라고요. 원래 예쁜 애들은 잘생긴 남자를 좋아하거든요."

"아, 그건 뭐. 대충……"

괜한 진땀이 나왔다. 이 또한 승우에게는 드문 일이었다.

"그런데… 규리한테 시킨 건 아니죠?"

하늘을 보던 유정하의 시선이 승우에게 향했다.

"뭘요?"

"그 남자가 송 검사님은 아니죠?"

"뭐가요?"

"규리가 그래요. 장차 법 밥 먹은 사람이랑 인연을 맺을 거라고."

"……?"

"됐어요. 얼굴 보니 안 시킨 거 맞네요. 저한테 별 호감도 없는 거 같으니 그 남자가 검사님도 아닌 거 같고……"

"……?"

"갈게요. 어쨌든 규리가 제 마음을 콕 집어줘서 속 시원했어요. 의상 공부를 더 할까 말까 했는데 팔자라고 하더라고요. 다섯 살 먹은 애가 거짓말할 리 없으니 믿어보려고요."

유정하는 도로로 걸어갔다. 그러자 거짓말처럼 그녀의 포르쉐가 굴러와 멈췄다. 유정하는 조수석에 올랐다.

귀신같은 호흡이었다.

애인일까? 하지만 애인으로 보기에는 나이가 많았다.

별걸 다 신경 쓰네.

승우는 다 마신 컵을 쓰레기통에 던졌다.

슛!

팅!

노골이었다.

'역시 뭐든지 안 하면 녹슨다니까.'

여자.

손만 대면 내 것으로 만들 수 있던 그 종족. 하지만 그 실력은 그새 왕창 녹슬어 버린 모양이었다.

"민민, 규리가 너 보고 싶댄다."

괜히 민민을 향해 투덜거리는 승우.

"그 누나도 아저씨 보고 싶어 해요."

민민이 도로를 보며 말했다.

"네 말은 다 맞지만 그건 안 맞는다."

"왜요?"

"여자는 내가 더 잘 아니까."

"그런데 왜 여자가 없어요?"

'응?'

승우, 아픈 데를 찔렸다. 그러고 보니 그건 루저들의 핑계였다.

내가 마음만 먹으면 말이지…….

오랜 막장검사 생활을 접고 일에 빠지느라 바빴다. 하지만 그것 또한 핑계일 뿐이다. 일과 여자는 별개. 여자가 있다고 직장 생활 못 하는 인간은 없었다.

"그리고요……."

팔랑거리던 민민이 가만히 고개를 떨궜다.

"왜? 뭐 잘못한 거 있어?"

"아뇨. 그게 아니라……."

"아니면 뭐?"

"아까 저 누나가 물어본 말이요."

"저 여자가 한두 마디 했어야 말이지."

"내가 아저씨 아들이라고 한 말 말이에요."

응?

"그렇게 말해서 불만이냐?"

"아뇨!"

민민이 황급히 고개를 저었다. 그 얼굴에는 기대와 슬픔이 반씩 서려 있다.

이제는 듬직한 아빠 같은 사람이 된 승우. 그러나 진짜 아빠는 아닌 상황…….

민민의 마음을 읽은 승우가 무릎을 접고 민민에게 속삭였다.

"민민."

"네?"

"넌 말이야 그 모든 것에 속해. 내 친구이자 동업자, 내 아들이자 동료, 그리고 내 즐거움이자…….'

애달픔…….

마지막 말은 숨겨놓았다.

"고마워요."

민민이 승우의 품을 파고들었다. 지나가는 사람들이 더러 고개를 갸웃거렸지만 승우는 아무렇지도 않았다.

민민은, 진실로 소중한 존재기 때문이었다.

진실로…….

그날 밤 승우는 꿈을 꾸었다. 꿈속에서 유정하를 만났다.

현실과는 달리 그녀, 저렴한 도발을 감행했다. 잠자리 같은 옷을 입고 승우에게 유혹의 몸짓을 보낸 것이다.

도발에 넘어가 주었다. 무릇 수컷이라면 그 어떤 산보다도 즐긴다는 여자의 몸을 등반하기 시작했다.

칙칙폭폭!

기차가 달렸다. 그녀 안으로. 세게 더욱 세게……. 승우는 마침내 그녀 안에 화산을 작렬시켰다. 뜨거운 용암을 마음껏, 마음껏.

딩도로롱롱!

어디선가 아련한 음원이 들려왔다.

그래도 내쳐 달렸다.

딩도로롱롱!

소리가 짜증을 낸다.

분출을 끝낸 승우에게 유승하가 안겨왔다. 다소곳하다.

그런데…….

유승하의 양 볼과 이마가 꿈틀, 격하게 움직였다.

'윽!'

놀란 승우가 몸을 떼려 했지만 늦었다. 살을 뚫고 나온 투명 칼날들이 승우의 몸을 관통한 것이다.

"윽!"

아까보다 큰 소리를 지르며 잠에서 깨었다.

딩도로롱!

음원은 꿈이 아니라 현실에 있었다. 시간은 아침 6시, 발신자는 이성욱 검시관이었다.

*　　　*　　　*

부릉!

주스 한 잔으로 아침을 때운 승우가 차에 올랐다.

―지금 좀 와주시겠습니까?

이성욱의 긴급 요청이었다. 그도 지금 출발한다고 했다. 엄청난 사건이 아니면 비상 출근이 없다던 이성욱. 꼭두새벽에 나갈 정도면 굉장한 일이 터진 것이다.

그런데 그가 부검할 사체는 현해탄에서 투신한 무속인의 그것.

'대체 뭔데……'

궁리해 보지만 감이 오지 않았다. 더구나 어제 죽은 사체도 아니지 않은가?

결국 승우는 차량 머리에 경광등을 올리고 말았다. 궁금증이 조바심을 재촉한 것이다.

국과수!

비상 출동을 한 것치고는 한적했다. 하지만 그건 승우 생각이었다. 미처 주차를 끝내기도 전에 이성욱이 달려 나왔다. 그는 벌써 부검 복장을 갖춘 후였다.

"이 박사님!"

승우도 서둘러 차에서 내렸다.

"시간이 없으니 인사는 나중에 하고 따라오시겠습니까?"

이성욱은 가슴팍의 끈을 바짝 조이며 부검실로 뛰었다. 승우도 덩달아 뛰었다.

부검실의 분위기는 달랐다. 시신이 놓인 건 달랑 한 테이블이었지만 직원들은 잔뜩 긴장하고 있었다.

"입으시고⋯⋯."

이성욱이 부검복 한 벌을 던져 주었다.

"어디서요?"

"거기서 대충 입으세요."

그 말을 남기고 이성욱은 안으로 뛰었다.

"카메라!"

짧은 묵념으로 시신에게 애도를 표한 그가 직원들을 향해 소리쳤다.

"찍고 있습니다."

"언제부터야?"

"어제 밤에 도착했는데 당직자 말로는 시신만 확인해서 몰랐답니다. 그런데 아침에 준비하려다 보니⋯⋯."

대답하는 직원의 눈은 시신에 박혀 있었다.

"우!"

두어 명 직원들이 몸서리를 쳤다. 테이블에는 실오라기 하나 걸치지 않은 무속인 주성희의 사체가 놓여 있다. 대충 보기에는 하지만 특별하지 않았다. 하지만 이성욱의 눈도 긴장의 극한으로 올라갔다.

이 사체는⋯⋯.

달랐다.

그것도 아주!

"들어가도 됩니까?"

그 사이에 옷을 갈아입은 승우가 부검실 문을 열었다. 이성욱은 대답 대신 손짓을 해주었다.

첫발을 디딘 승우. 한 테이블뿐인 부검 팀이지만 마음은 편치 않았다. 누가 부검을 편한 마음으로 볼 수 있으랴? 과장 좀 보태자면 아직 잠도 덜 깬 이른 아침이었다.

"보세요!"

이성욱이 재촉을 했다. 승우는 테이블 가까이로 다가섰다.

후웁!

그새 습관이 되었는지 영기부터 확인하게 되는 승우. 주변은 심난했다. 잡령들이 많다는 뜻이다. 하지만 여자의 영기는 흔적뿐이었다. 하늘로 간 것이다.

"보입니까?"

이성욱이 또 재촉을 해왔다. 목소리 또한 떨고 있었다. 국과수에서는 베테랑에 속하는 부검의 대표주자 이성욱. 그가 이토록 긴장하는 이유는 무엇일까?

천천히 시선을 옮기던 승우, 뭔가 꿈틀하는 느낌에 움찔 흔들리고 말았다.

"보셨군요?"

이성욱이 말했다. 시선을 가다듬은 승우가 다시 다가섰다.

'맙소사!'

승우는 눈을 의심했다. 아니 이 현실까지 몽땅 의심이 되어 이성욱에게 물었다.

"이 여자 안 죽은 겁니까?"

돌아온 대답은 너무나 당연했다.

"현해탄에서 죽은 여자입니다. 사망한 지 9일째죠."

9일.

그런데… 움직이고 있었다.

여자의 살집 여기저기……. 마치 끊긴 목숨이 몸을 빠져나가지 못하고 부서져 떠도는 것처럼…….

꿈틀.

꿈틀.

어떻게… 어떻게 이런 일이…….

＊　　　＊　　　＊

"대체 뭐죠?"

신기하게도 승우와 이성욱이 똑같이 말해 버렸다. 서로에게 질문을 던진 두 사람, 허공에서 시선이 마주친 채 입을 다물고 말았다.

살집 안에서 꿈틀…….

이동하면서 꿈틀…….

그러나 조금씩 힘이 빠지며 꿈틀…….

"움직임이 조금씩 작아지고 있어요."

직원이 말했다. 그는 이 현상을 처음 발견한 직원이었다. 오늘도 부검 팀은 일이 잔뜩 밀린 상황, 일찌감치 준비를 시작하던 그가 이 기괴한 현상을 보게 되었다.

그래서 다급하게 이성욱에게 알린 것이다.

"혹시 사후강직이나 경련 같은 거……."

승우가 물었다.

사후강직!

부검서에서 본적이 있는 말이었다. 사후에 근육이 수축하는 현상을 말한다. 이성욱은, 단호하게 고개를 저었다. 그리고…….

"300건도 넘는 부검을 해봤지만 이런 건 본 적이 없습니다. 더구나 어제 오늘 죽은 사체도 아니고……."

"특이 질병 관계는요?"

"서류를 검토했는데 지병이라고는 당뇨밖에 없었습니다. 그것도 심각한 것도 아니고 경계성 당뇨……."

"그럼……."

"그래서 검사님을 불렀습니다."

"……?"

"이분이 무속인 아닙니까? 혹시나 우리가 모르는 무속적인 현상인가 싶어서……."

무속?

그 단어를 곱씹으면서도 승우, 머릿속이 하얗기는 마찬가지였다. 물론 기괴한 현상이 없을 수는 없었다. 이강순이 그랬고 미얀마의 사악한 낫꺼도 묘민딴이 그랬다.

하지만, 하지만 이런 건 처음이었다. 게다가 악령의 흔적도 없는 상태……

"잠깐만요, 잠깐 불 좀 꺼주시겠습니까?"

별수 없이 민민을 불러냈다. 소등이 된 부검실, 파리한 빛이 새어 들어오면서 실로 오싹함의 극치를 이루고 있었다.

영기…….

영기…….

여기도 영기, 저기도 영기였다.

그러고 보니 승우의 둘레에도 온통 영기였다. 구석에 웅크리고 있던 길 잃은 영기들이 구경을 하고 있던 것이다. 승우와 통한 민민, 친디를 시켜 잡령들을 밀어내 버렸다. 그래도 특별한 이상은 보이지 않았다.

"저도 모르겠어요."

주성희를 살핀 민민이 승우의 귀에 대고 속삭였다.

승우는 모르고, 민민도 모른다. 그렇다면 악령이나 영기와는 관계가 없는 일이었다.

짤랑!

승우는 신방울을 꺼냈다. 울렸다. 그냥 느낌으로 울렸다. 소리는 나지 않았다.

'이건 대체……'

잠시 후에 다시 불이 들어왔다. 부검을 밥 먹듯하는 직원들이지만 불 꺼진 부검실이 달가울 리는 없었다. 슬쩍 방울을 보니 검은색이 깃들었다.

다는 아니고 조금이지만 아무튼 좋은 쪽은 아니라는 뜻……

"시신을 돌려봐도 될까요?"

승우가 물었다. 그러자 직원들이 시신을 엎어주었다.

"……!"

등짝은 더 심했다. 등을 타고 엉덩이, 허벅지까지 꿈틀거림이 이어지고 있었다.

"혹시 기생충 아닐까요?"

직원 하나가 의견을 내놓았다.

"가스일지도 모르니 채집하자고."

이성욱이 메스를 집어 들었다. 직원은 메스가 들어가는 부위에 가스채집통을 들이댔다. 이성욱은 가장 작은 볼륨 속에서 꿈틀거리는 부분을 갈랐다.

볼륨은… 마치 바람이 빠지듯 사라졌다. 더는 꿈틀거리지도 않았다.

"기생충도 아닌가 본데요?"

과정을 지켜본 직원이 고개를 저었다.

"가스는?"

"글쎄요? 일단 분석실에 넘겨보죠."

"오케이, 그냥 부검에 들어가자고."

이성욱이 방침을 정했다.

승우는 간단한 인사를 나누고 부검실을 나왔다. 아침부터 소란을 떤 데다 이상한 현상까지 보니 기분이 몹시 찜찜했다.

'야릇한 꿈을 꾸어서 그런가?'

입맛을 다셨다. 그나마 꿈은 민민이 몰라 다행이었다.

승우의 차가 차도에 들어섰다. 딱 러시아워라 차량 정체가 장난이 아니었다. 가는 듯 멈춘 듯 주차장을 이룬 도로. 그 사이로 비가 내리기 시작했다. 빗방울이 대지를 때리자 흙냄새가 등천을 했다. 비가 대지에 스며들기 시작했다.

버려진 종이에도 스며들었다. 무심하게 보이는 보도 위에 광고 전단지가 보였다. 전단지도 비를 맞는다. 젖는다.

그런데……

특이하게도 달마도 호신부 광고지였다. 달마도와 부적 책갈피가 보였다. 톡톡, 비를 맞는다.

'부적……'

그걸 보니 부적이 떠올랐다.

딱 한 번의 기억. 엄마의 기억이었다. 어느 여름 방학… 엄마는 부적을 사람의 등에다 썼다. 종이가 아니라 몸이었다.

그 사람에게는 육부적이 제격이라고 했었다. 그렇게 하면 부적의 힘이 몸속으로 직접 들어간다고 했었다.

몸으로 들어가는 부적…….

그때 그 부적은 정말, 그 사람의 몸으로 들어갔을까?

몸에 들어간 부적은…….

혹시… 움직일까?

거기까지 생각하자 한 꼬마가 득달처럼 뇌리를 스쳐 갔다. 부적에 관한 한 승우보다 잘 아는 꼬마. 당연히 규리였다.

"송승우입니다, 미안하지만 가능하면……."

승우는 이성욱에게 긴급 통화를 걸었다. 그리고 규리가 있는 단양을 향해 급히 핸들을 꺾었다.

끼아악!

*   *   *

상주보살의 집에 도착했지만 승우는 마당에 서 있을 수밖에 없었다.

기도 중!

그 글자가 길을 막았다. 대추나무 아래에 선 청풍댁 얼굴에는 미안함이 가득했다.

"언제 끝나죠?"

승우가 물었다.

"새벽에 들어간 거라……."

기약이 없다.

이 말이었다.

하긴 엄마도 그랬다.

무슨 기도를 한다고 문을 걸어 잠그면 오랫동안 나오질 않았다. 어떤 때는 식사 때를 지나는 적도 많았다. 그렇게 나온 엄마는 잠을 잤다.

정통 무속인들은 기도빨로 살아간다. 그러니 진이 다 빠지도록 신을 만나는 모양이었다.

"차 한 잔 드릴까요?"

청풍댁이 낮은 소리로 말했다.

"그래주실래요?"

승우는 마루에 엉덩이를 걸쳤다. 무대뽀가 아닌 다음에야 규리의 기도를 망칠 수는 없었다. 검찰로 치면 검거작전 수행 중에 비견되는 일이 아닌가?

'느긋하자!'

어쩌면 지금 당장 나올 수도 있고 내일 나올 수도 있는 일. 그러나 상주보살이 같이 들어가 있으므로 아주 오래 걸리지는 않을 일이었다.

그녀는 이제 현역 무속이 아니니까. 늙었으니까.

다행히, 승우의 예상은 맞았다. 차를 비워내고 머리를 정리할 때 안채의 문이 열렸다.

"아저씨!"

땀범벅이 되어서도 반색을 해주는 규리.

"송 검사가 웬일로?"

그에 비해 상주보살의 인사는 덤덤하기 짝이 없다.

"민민!"

규리는 쪼르르 달려와 승우의 손목에 시선을 고정했다. 민민, 그새 파릇파릇 색을 더하며 규리에게 손을 흔들어 보인다.

"민민이랑 놀아도 되죠?"

규리가 물었지만,

고개를 젓는 건 승우와 민민이 동시였다.

"안… 돼요?"

바로 울상이 되는 규리.

"뭔지 모르지만 들어오시게. 오래 기다린 거 같은데……."

상주보살의 말에도 승우와 민민이 동시에 고개를 저었다. 시간이 급박하므로 승우, 바로 본론에 들어갔다.

"이것 좀 봐주시죠. 규리도 함께."

승우는 마루에서 동영상을 열었다. 내려오는 사이에 이성욱이 전송해 준 그것이었다.

화면을 실행하자, 무속인 주성희의 몸이 보였다. 얼굴에는 모자이크가 되어 있다. 사자를 위한 국과수의 배려였다.

사체지만 규리는 놀라지 않았다. 신의 말을 전하는 애기선녀답게 침착하기 그지없다.

하지만!

다음 화면에서는 규리의 눈에도 불꽃이 터졌다.

"……?"

움찔!

속절없이 흔들리는 건 사자의 몸에서 꿈틀거리는 정체불명의 볼륨감만이 아니었다. 상주보살과 규리 역시 마찬가지였다.

"바다에 투신한 무속인입니다. 사인을 규명하기 위해 국과수에서 부검 중인데……."

더 긴말은 하지 않아도 되었다. 영상 속에서 꿈틀거리는 괴이한 덩어리. 길이도 다르고 모양도 달랐다. 중요한 건 움직인다는 사실. 끝이 대개 뾰족한 그것들은 살집 속에서 지렁이가 흙속을 기듯 꿈틀거리고 있었다.

가슴에도!

배에도!

등에도!

팔다리에도…….

"부검의들도 모르던데. 혹시……."

"육부적!"

규리와 상주보살의 입이 동시에 열렸다. 승우가 말줄임표에 뒤에 남겨둔 바로 그 말이었다.

"육부적……. 맞나요?"

승우가 확인차 물었다.

"네가 설명해 주어라."

상주보살은 화면에서 눈을 떼지 않은 채 말했다. 공을 규리에게 넘긴 것이다.

"육부적 맞아요. 글자 수가 많아요."

글자 수가 많다!

조금 더 윤곽이 더해졌다.

그러나… 믿을 수는 없었다. 어떻게, 어떻게 글자가 사람 살속에서 움직인단 말인가? 그것도 죽은 사람의 몸속에서…….

"그거야 이 부적이 이 사람을 죽였으니까!"

규리, 또 하나의 윤곽선을 그어주었다.

"죽여?"

"네!"

단호하다. 한 치의 주저도 없는 저 입술…….

"그러니까 육부적으로 이 여자를 죽였다?"

"아마 그럴 거예요."

"그럴 리가……. 이 여자, 계룡산에서 무속을 수련하고 일본을 다녀오다 현해탄에서 스스로 바다에 몸을 던진 사람이야."

"육부적은 아무나 쓸 수는 없지만, 제대로 쓰는 사람이라면 아무 데서나 사람을 죽게 할 수 있어요."

"……?"

"그렇죠? 엄마."

규리가 상주보살을 돌아보았다.

"가능하지. 악신과 제대로 접신하고 악물(惡物)로 수련한 사람이라면……."

"악물이라고요?"

"사람을 자기 마음대로 조종해서 죽이는 일이잖아? 이걸 배우려면 접신도 접신이지만 특별한 마령이 깃든 물질을 다룰 줄 알아야 해. 혹은 먹거나……."

"……?"

"그 무당이 일본을 다녀오는 길이라고 했지?"

"예……."

"그럼 일본 놈들 짓이야. 아마 요물을 숭상하는 복술가들 짓 같군."

"복술가라면?"

"일본이 원래 요괴가 많은 땅이잖아? 나도 옛날 우리 신어머니에 들은 적이 있어. 일본의 잡무속인들 중에는 요물의 술법을 숭상해 마령이 깃든 물질을 숭배하는 것들이 있다고……. 그 힘을 받아 무속인입네 하는 잡것들이 있다고."

"그런 게… 지금도 가능하다는 말입니까?"

"뭐 지금이야 일본이나 우리나 무속이 다 죽었지만 불가능하다는 법은 없지. 어쩌다 보면 규리나 송 검사처럼 신인일체를 이루는 미친 인물이 하나씩 나올 수도 있고……. 가문의 비기다 뭐다해서 은밀하게 전하는 요법도 있는 법이니까."

"보살님……."

"아무튼 이게 육부적인 건 확실해. 부적 내용을 모르니 무슨 저주인지는 모르지만……."

"그걸 알 수도 있나요?"

"뭐 전하는 말로는……. 청풍댁!"

상주보살이 문을 향해 소리쳤다.

"예, 보살님!"

마당에 있던 청풍댁이 마루로 다가왔다.

"그 골동 침향 속에 쟁여두었던 개복숭아나무 젓가락 말이야. 그거 혹시 남았나?"

"저, 지난번에 골동물 정리하면서 다 버리라고 하셔서……."

"쩝……! 개똥도 약에 쓰려면 없다더니……."

상주보살이 쓴 입맛을 다셨다.

"개복숭아나무라면?"

"그런 게 있어. 100년 이상 묵은 복숭아나무에서 동쪽을 바라보는 가지를 꺾어 침향에 재워 집게를 만들면 육부적 글자를 집어낼 수 있다는……."

"그럼 확인할 수 있는 방법이 없다는 거로군요."

"그러게 초희 그년은 왜 일찌감치 세상을 등져 가지고는……."

"우리 어머니요?"

"그래. 그년도 그 젓가락을 몇 개 집어갔었거든."

'어머니?'

"왜? 유품으로 남았나?"

상주보살이 묻자, 승우의 기억이 과거로 날아갔다.

젓가락…….

복숭아나무 젓가락…….

본 적이 있었다. 두 벌이었다. 해로운 부적 문양을 집어 낼 수 있는 거라며 승우에게 보여주었던 투박하고 긴 젓가락…….

"있어?"

상주보살이 재차 물었다.

하지만!

있을 리 없었다. 이모가 가져다둔 상자에도 젓가락 같은 건 없었다.

아아, 이래서 유품이란 함부로 버리는 안 되는 거였구나. 승우의 뇌리에 회한의 바람이 몰아쳐갔다.

혹시…….

승우는 이모에게 전화를 걸었다. 기대 따위는 하지 않았다. 그러나 애당초 엄마의 유물을 간직하다 전해준 건 이모. 그러니 혹시일 수도 있는 일이었다.

"저 승우입니다."

전화를 걸자, 이모는 반색을 해왔다.

"한 가지 물어볼 게 있어서요."

—뭔데? 우리 송 검사가 물어보면 뭐든지 답해줘야지.

이모의 목소리는 행복에 겨워 있었다.

"너무 엉뚱한 질문이라 염치없는데, 혹시……."

승우의 바람이 조심스럽게 전파를 타고 갔다.

—어머, 그거 어떻게 알았어?

다행스럽게도 이모가 전격 반응을 해왔다.

"지금도 가지고 있으세요?"

—있어. 언니가 손으로 만든 거 같아서 못 버리고 가끔 튀김 같은 거 건질 때 쓰는데 희한하게 닳지도 않더라고.

맙소사!

승우는 휘청 흔들리는 몸을 간신히 가누었다.

있었다.

그 복숭아나무 젓가락…….

"있답니다."

승우 규리 손을 잡아 차에 주저앉혔다.

부릉!

그리고 서울을 향해 급발진을 했다. 규리를 국과수에 데려가 시신을 보여주고 돌려보낼 참이었다.

'육부적…….'

머리가 팽글거렸다.

정말일까?

그런 게 존재할까?

상주보살과 규리의 말을 듣고서도 승우는 잘 믿기지 않았다.

살집 속에서 꿈틀거리는 걸 직접 보고서도 말이다. 승우의 혈관은 정맥부터 동맥까지, 긴장감이 쌓여 터질 듯이 팽팽해졌다.

육부적 살인!

투신이 아니라 무속살인…….

부적을 몸에 심어 그 부적으로 사람 목숨을 좌우한다면?

맙소사!

또 한 번 고개를 저었다. 그 사이에도 규리는 민민과 장난을 치느라 까르르 까르르 웃어댔다.

승우의 칼날 같은 긴장과 규리의 해맑은 여유.

극한의 대비와 함께 이정표들이 쑥쑥 뒤로 밀려나고 있었다.

서울, 110㎞.

승우는 휴게소를 지나며 더 속도를 올렸다.

＊　　　　＊　　　　＊

"……!"

국과수 주차장, 승우와 함께 내린 규리를 본 이성욱이 눈을 휘둥그레 떴다.

규리!

아무리 신인일체의 능력을 지녔다지만, 다섯 살 꼬마였다. 더구나 그는 규리의 정체를 승우처럼 알지 못했다.

"송 검사님……."

이성욱, 난감한 듯 뒷말을 잇지 못했다.

다섯 살, 이런 꼬마에게 연고자도 아닌 시신을 보여줘야 한단 말인가? 그 속내를 알아차린 승우가 이성욱의 귀에 대고 몇 마디 속삭였다.

"아, 그러면 되겠군요."

그제야 한숨을 돌리는 이성욱…….

"그럼 의견대로 준비를 하겠습니다."

이성욱이 부검실로 달려갔다.

"아저씨!"

규리, 부검실 건물을 바라보며 고개를 들었다.

"응?"

"나 괜찮아요."

규리, 역시 당당하다.

"나도 알아."

"그러니까 상관하지 마세요. 억울한 영령이나 귀신들 중에는 시신보다 더 참혹한 모습이 많거든요."

"그럼."

승우는 공감했다. 뒤틀리고 왜곡된 모습들. 이성욱이 제아무리 시신으로 주검을 밝히는 검시관이라지만 그조차도 감당 못 할 정도로 흉측한 악령들이 있는 것이다.

"그래도 저 아저씨가 하는 대로 그냥 둬."

"왜요?"

"규리를 대우하는 거잖아? 여자는 대우받는 법을 배워야 해."

"아……."

규리가 손뼉을 치며 웃었다. 이럴 때는 정말 인형처럼 예뻤다.

띠롱!

그 사이에 문자가 들어왔다. 이모였다.

—거의 다 왔어. 송 검사.

문자 속에서 이모가 웃었다. 단어 하나마다 승우를 끔찍하게 생각하는 마음이 엿보였다.

'이런 마음도 모르고……'

승우, 지난 시간이 아쉬워 피식 웃음을 흘렸다.

"송 검사!"

주차장으로 들어선 이모는 차 문도 닫지 않고 내렸다.

"많이 기다렸지?"

"아뇨. 갑자기 부탁을 드려서 죄송합니다."

"누구?"

이모가 규리를 보며 물었다.

"아, 인사를 안 시켰군요. 애기선녀라고 엄마랑 같은 신어머니를 모시고 있는 아이예요."

"어머, 상주보살님!"

이모, 상주보살을 알고 있었다.

"예!"

"어머어머어머어머, 어쩜! 웬일이니……."

이모는 쪼르르 달려가 규리 앞에 무릎을 접었다.

"아유, 어쩐지 어젯밤 꿈에 언니가 보이더라니……."

규리를 꼭 안아주는 이모.

"아유……."

규리의 두 볼을 쓰다듬으며 이모는 감회에 젖었다.

"이모, 미안하지만 지금 시간이 없거든요."

승우가 슬쩍 끼어들었다.

"어머, 내 정신. 송 검사가 급하다는 것도 잊고……."

이모는 눈시울을 훔치고는 하얀 창호지 뭉치를 내밀었다.

"미안해. 내가 뭘 몰라서 함부로 써서……."

"아뇨. 이모가 안 버려서 얼마나 다행인데요."

"정말?"

"언제 저녁 한 번 사러갈게요."

"정말이지?"

"네, 오늘은 이만……."

"알았어. 나 전화 기다리고 있을게."

이모는 아이처럼 몸서리를 치며 좋아했다.

"흐음!"

규리가 창호지를 벗겨냈다. 그러자 보통 젓가락보다 조금 큰 나무젓가락이 나왔다. 손때가 들어 반질거린다. 하지만 젓가락이라기보다는 그냥 키를 맞춘 나뭇가지 두 개라는 게 더 정확해 보였다.

"그거 맞아?"

"네. 복숭아 냄새 나잖아요."

"나는 튀김 냄새밖에 안 나는데?"

젓가락을 받아든 승우가 코를 킁킁거렸다.

"어휴, 그저 먹는 거!"

규리는 앙큼을 떨고는 부검실 쪽으로 향했다. 그러고는,

"뭐해요? 육부적 사라진 다음에 들어가게요?"

승우를 향해 오히려 재촉을 했다.

침묵!

커튼으로 가린 부검실이 시야에 들어왔다.

이성욱과 부검직원.

승우와 규리.

물론 보이지 않는 민민도 규리의 손을 잡고 있었다.

주성희의 시신에는 흰 면으로 둘러있었다. 얼굴과 손발을

가렸다. 그대로 드러낸 건 등짝이었다.

"여기……."

직원이 꿈틀 움직임이 있는 어깻죽지를 가리키자 규리가 주의를 주었다.

"쉬잇!"

여전히 단호하다. 작은 의자 위에 올라서 있으면서도 규리는 마치, 굿판을 호령하는 노련한 만신의 그것처럼 보였다.

꿈틀…….

느렸다.

동시에 움직임도 작았다. 자세히 집중하지 않으면 놓칠 수도 있을 정도였다.

"아저씨만 빼고 다 나가세요."

몇 번이고 쏘아보던 규리가 마침내 입을 열었다.

헐!

이성욱과 직원의 눈은 그렇게 말하고 있었다. 하지만 소용없다. 규리의 눈빛이 더 매웠던 것이다. 그 눈이 이성욱과 직원을 거푸 노려보자 둘은 퇴장을 하고 말았다.

"애기선녀님!"

승우, 규리에게 경어를 썼다. 이제부터는 다섯 살 규리가 아니라 이 기괴한 판을 다스리는 신인일체 무당이 되어야 할 규리였다.

"시작할게요."

규리는 발을 딛고 있던 의자에 그대로, 책상다리를 하고 앉았다. 눈매는 여전히 망자의 등에 꽂혀 있다. 가만히 두 손을 합장한 규리는 신을 불러내는 그녀만의 주문을 외우기 시작했다. 방해하지 않으려는 듯, 민민은 승우에게로 물러섰다.

후우!

주문을 마친 규리가 거친 날숨을 토했다. 날숨이 시리도록 하얗다. 흡사 서리를 내뿜는 듯이 보였다. 그런 다음, 한지 위에 놓았던 복숭아가지를 집어 들었다. 거기에도 입김을 뿜는다. 그러자 나뭇가지에 붉은 빛이 감돌기 시작했다.

"쟁반!"

규리가 승우 옆을 가리켰다. 승우는 턱 낮은 철제 쟁반을 밀어주었다.

"내가 신호할 때까지 말하지 마세요."

오케이!

말 대신 고개를 끄덕였다.

"누가 와도 안 돼요."

오케이!

두 번의 끄덕임을 보고서야 규리의 눈이 시신의 등으로 옮겨갔다. 그녀, 젓가락을 집게처럼 집더니 망자의 살점을 향해 다가갔다.

꿀꺽!

이럴 때는 왜 침이 넘어가는 걸까? 참으려 해도 목젖이 움직이는 건 어쩔 수 없었다. 이런 순간만은 승우, 민민이 부러웠다. 영령은 침을 삼키지 않아도 되었다.

우웅!

젓가락이 살집에 닿자 망자의 근육 전체가 꿈틀 움직였다. 착각이 아니었다. 실제로 경련처럼 반응한 것이다. 단지… 단지 젓가락을 댔을 뿐인데…….

그러나 놀라움은 그저 시작에 불과했다.

젓가락을 댄 부위에 오색의 연기가 아롱지나 싶더니, 등짝 전체에서 검은 획들이 모습을 드러내기 시작한 것이다.

검은 획…….

그건 한문으로 보였다. 살 속에서 움직인 것들은 글자였다. 규리는 젓가락과 혼연일체가 되어 몸통에서 갈려나간 것들을 하나하나 몰아붙이기 시작했다.

맨 먼저 형태를 이룬 건……

'一'이었다.

'한 일(一)?'

등짝을 살핀 규리가 흰 시트를 내렸다. 그리고 엉덩이 아래쪽에서 다른 획을 몰아왔다.

夕.

또 하나는 옆구리에서 찾았다. 젓가락으로 누르며 밀자 획이 꿈틀 움직였다.

匕.

잠시 땀을 훔쳐낸 규리가 세 획을 하나로 뭉쳤다. 그러자 마침내 글자가 되었다.

死!

죽을 사…….

승우는 빤히 보면서도 믿을 수 없었다. 살집 속에 꿈틀대던 정체불명의 요기들. 가스일까 싶어 분석까지 했지만 아무것도 검출되지 않았다던 볼륨감들. 그게 글자였다니…….

'오, 마이 갓!'

승우의 가슴에는 핵폭발이 연발이지만 규리는 미동도 없다. 쉴 틈도 없이 다른 글자를 몰아붙이고 있는 것이다.

하나, 둘…….

규리가 그렇게 몰아낸 글자는 전부 아홉 글자였다.

死身水投時作發子體!

'사신수투시작발자체?'

나란히 놓인 아홉 글자를 읽을 때 규리가 비로소 입을 열었다.

"합자까지는 했으니까 줄맞춤은 아저씨가 하세요. 검사는 공부 많이 한 사람이죠?"

"응?"

"줄맞춤 하시라고요."

"줄맞춤?"

"뭐 그렇게 놓고도 뜻을 알 수 있으면 그냥 두고요."

"……?"

사신수투시작발자체.

죽은 몸을 물에 던지는 시간이 되면 아들 몸을?

말이 되지 않았다. 그러나 이내 감이 왔다. 물에 투신한 사람, 빠져 죽기 전 자정 무렵에 발작을 한 사람…… 거기까지 생각하고 글자를 맞춰 나갔다.

발작!

물에 빠져 죽다—신체수투사!

자정 무렵이면 자시!

합치니…….

자시 발작 투신체수 사.

子時發作投身體水死!

자시에 발작하고 신체를 물에 던져 죽어라!

"……!"

줄맞춤을 하면서도 등골이 얼음장처럼 오싹해 왔다. 저주…… 이런 극한의 저주를 사람의 몸 안에 넣다니…….

그런데 몸 신(身) 자는 살짝 이상했다. 허리를 가로지른 획이 사라진 것이다. 승우가 바라보자 규리는…….

"여기로 빠져나갔어요."

이성욱이 메스로 뽑아간 부위를 귀신처럼 짚어냈다.

푸헐!

"됐어요?"

규리가 물었다.

"응……."

"복채 대신 이건 내가 가질게요."

규리가 젓가락을 들어 보였다.

"응……."

"민민이랑 먼저 나가 있어요?"

"응……."

승우는 세 번 대답했다. 그때마다 시선은 글자 위에 있었다.

글자들은 규리가 커튼 밖으로 사라지자, 신기하게도 그대로 산화되어 버렸다.

"송 검사님!"

이성욱이 들어섰다.

"……!"

"뭐가 잘못됐습니까?"

멍한 승우를 본 이성욱이 물었다.

"아뇨!"

"그럼……."

"이 사건… 살인이네요."

"네?"

"그것도 고도로 지능적이자 초자연적인……."

"검사님……."

"살인이라고요."

한 번 더 강조했다. 동시에 승우는 저 깊은 바닥부터 긴장하고 있었다.

사람을 조종해 죽이는 육부적…….

바다 건너 일본에서 건너온 육부적…….

대체 이런 걸 쓸 수 있는 무속인은?

실마리는……?

글자가 사라진 턱 낮은 철제 쟁반에 시선이 고정된 승우는 한동안 숨도 쉬지 못했다.

*   *   *

"규리야!"

파스타 집으로 자리를 옮긴 승우가 조용히 입을 열었다.

"네?"

민민에게 참견을 하던 규리가 고개를 들었다. 규리는, 민민에게 파스타 먹는 법을 알려주는 중이었다. 따라서 이 테이블에 놓인 파스타는 세 그릇이었다.

그중 한 그릇은 양이 줄어들지 않는…….

"육부적 말이야……."

"네……."

쪼로록, 뽁!

규리 입술을 타고 들어가던 면줄기가 끝내 소리를 내며 야무진 입속으로 자취를 감췄다. 마치 무속인 주성희의 살집 속으로 들어간 육부적의 글자처럼.

"그걸 밝혀낼 다른 방법은 없니?"

"어떤 거요?"

"다른 사람도 볼 수 있도록……."

"식문부적 말인가요?"

식문(食文)부적!

문자를 먹는 부적…….

"그런 것도 가능해?"

"네."

규리는 아무렇지도 않은 듯 대답했다.

"너도?"

"아뇨!"

고개를 젓는 일에도 지체가 없는 규리. 딱 한 번의 도리질이지만 승우의 기대감은 물거품이 되어 흘러내렸다.

그런데!

"신엄마는 가능해요."

다시 희망이 이어졌다.

"상주보살님?"

"네!"

"진짜?"

"하지만 못 할걸요?"

"왜? 할 수 있다면서?"

"늙었잖아요."

"……!"

정답이었다.

늙는다는 것. 그건 많은 변화를 동반하는 말이었다. 젊을 때라면 눈을 감고 하던 일도, 늙으면 못 하는 게 많았다.

"너는 못 배웠어?"

"배울 수 있었는데 그런 건 쓸데가 없다고……."

"지금 배우면 안 될까?"

"안 돼요. 신내림은 두 번 받는 게 아니에요."

규리가 또 고개를 저었다. 희망이 또 부서졌다.

"그런데 그건 왜요?"

"그냥. 아까 그 무속인 아줌마 죽인 나쁜 사람 말이야……. 사람을 죽였다는 걸 증명하려면 증거가 필요할 수 있어서."

"아까 내가 글자 꺼냈잖아요?"

"그건 증거가 안 돼."

"왜요?"

"그게……."

승우, 답변이 궁색해졌다. 동시에 갑갑해졌다. 정말 왜 안 되는 걸까?

판사가 볼 수 없다고 해서 증거가 될 수 없다는 건 불합리해 보였다. 그렇다면, 판사가 무속을 배우면 되는 것 아닌가?

"아무튼 증거라는 건, 모든 사람이 같이 공감할 수 있어야만 돼."

"흥, 모든 사람이 신을 볼 수는 없어요."

"그렇지……."

또 한 번 정곡을 찔리는 승우.

딩디로로롱!

잠시 대화가 멈춘 사이에 전화가 들어왔다. 차도형이었다.

─송 검사님!

"말해!"

─아까 알아봐 달라고 한 거 말입니다. 얼마 전에 고독사한 무속인 할머니…….

"최초 시신 발견자 말이지?"

─예, 신고받고 제일 먼저 출동했는데 살이 움직이고 그런 현상은 없었다던데요?

"죽은 지 얼마 만이었대?"

─그게… 열흘 가까이 됩니다. 부패가 시작되어 냄새가 지독했다고 하더군요.

"그 시신 어디 있어?"

─국과수 원주지방 분원에서 부검 끝나고 연고자 기다리고 있다고 합니다.

"다른 이상은?"

―별 이상은 없었는데 다만…….

"다만 뭐?"

―수색 때 짐 들어내다 보니 장롱 아래에서 조그만 볏짚 인형이 나왔답니다. 그런데 거기 검은 나무로 깎은 침이 박혀 있었다고…….

"볏짚 인형?"

―예.

"잠깐, 잠깐……."

침이 박힌 볏짚 인형……. 어디선가 들은 기억이 났다. 하지만 중요한 건 꼭 결정적인 순간에 떠오르지 않는다.

머리를 짜내던 승우, 결국 생각해 내고 말았다.

'맙소사!'

다시 한 번 경악하는 승우.

지푸라기 인형…….

검은 나무 침이 꽂힌 인형…….

그 말을 한 사람은 오 부장이었다.

얼마 전에 위독해져 입원한 위안부 할머니…….

"집 부근에서 지푸라기 인형이 나왔는데 기묘하게도 그 할머니가 아프다는 부위에서 검은색 나무 침이……."

'이거……'

뭔가 굉장한 게 있었다.

일반인은 전혀 짐작도 할 수 없는 일……

어찌 보면 문제가 없는 듯 보이지만 보이지 않는 연결이 느껴지는.

이거 대체……

2장
너희가 짓밟은 꽃

지검으로 돌아온 승우는 수사관들에게 특명을 내렸다.

"현재 수사 중인 건 전부 중지하고 새 수사에 돌입합니다."

⟨이름하여 현해탄 살인.⟩

승우는 자못 비장했다.

이제껏 온갖 기괴한 사건을 맡아온 승우였다. 하지만 이 사건에 대한 측은 완전히 달랐다.

사실!

아직 정돈되지 않은 사건이었다. 확실한 건 단지, 무속인 주성희가 육부적에 의해 살해되었을 가능성이 높다는 점. 그러나 그 주변의 공기가 정말이지 심상치 않았다.

규리는 검찰 차량을 통해 귀가 시켰다. 출동 차량 한 대를 배차한 것이다. 그녀가 공무를 돕기 위해 왔으므로 문제될 것도 없었다.

수사관들은 빠르게 움직였다.

전화가 불이 나고 자료가 들어오는 프린터도 불이 났다.

일단 주목하는 건 두 가지였다.

—무속인!

—그리고 위안부 할머니들!

연결고리의 첫째는 저주 인형이었다. 승우식으로 하면 뱅이 굿. 무속인 양은숙과 위안부 고재분 할머니 쪽에서 공히 나온 게 주목되었다.

다음으로 무속인의 주검.

여기의 연결고리를 위해서는 이성욱의 도움이 필요했다. 양은숙 할머니의 소재지가 강원도인 까닭이었다. 즉, 부검 관할이 달랐다.

사박사박!

속이 탔다.

이럴 때는 진짜 태을신장이 되고 싶었다. 그래서 구름을 타고, 순식간에 원하는 곳을 돌아볼 수 있다면 얼마나 좋을까? 과학화 이메일 시대라지만 기다리는 마음은, 편지를 기다리는 옛날 사람과 같은 처지에 불과했다.

이런저런 자료가 쌓일 때 이성욱에게서 전화가 왔다.

―송 검사님!

"알아보셨습니까?"

마음이 급해 결론부터 묻고 말았다.

"아, 마침 그쪽 검시관이 연가 중이어서 말이죠."

젠장!

저절로 그 소리가 나왔지만 얼른 삼켰다.

―검사님 성화라 하는 수 없이 휴가 간 동남아까지 전화해서 알아봤습니다. 수고가 만만치 않게 들었으니 수수료 내셔야 합니다.

"그러죠. 결론은요?"

―있었답니다!

"……!"

승우의 촉각이 쫙 뻗쳤다.

〈있었다.〉

그 말은 곧 양은숙의 시신에서도 꿈틀이가 보였다는 의미였다. 살집 속의 꿈틀…….

"확실합니까?"

―우리가 찍은 영상을 보내줬는데……. 우리가 본 것보다는 움직임이 분명하지 않았다는군요. 아마 시신 발견이 지체되어 그런 듯도 합니다.

"아무튼 살집이 꿈틀거렸다는 거죠?"

―예. 여기저기 희미하게 꿈틀거렸는데, 부분 사후경련인가

싶어 무시했다는군요. 딱히 결정적 사인인 것 같지도 않았다
고…….

"사인은 뭐였다고 하던가요?"

―그게 특별한 외상이 없어서 자연사로 냈다고…….

"그럼 이 박사님도?"

―아뇨. 우리 쪽 시신은 질식사로 나왔습니다.

"……?"

질식사?

있을 수 없는 일이었다. 주성희는 바다에 투신한 사람. 그렇
다면 당연히 익사가 맞아야 했다.

"사실 익사처럼 보이는 부분도 있었는데……. 그 이상한 현
상 때문에 여러 각도에서 확인을 했습니다. 통상 익사를 하면
폐에 물이 차지요. 그런데 주성희의 경우에는 딱 절반만 물이
찼습니다. 폐를 잘라 물에 띄우면 익사자 폐는 가라앉는데 딱
물 가운데 부분에서… 바다에 빠졌지만 물이 허파 끝까지 들
어가지 않았다는 반증이죠."

"사람의 개인적인 차이는 아니고요?"

"아닙니다. 확신하기는 어렵지만 어느 한 순간, 호흡이 딱
멈췄어요. 마치 댄서가 정지 동작에 들어가듯……."

"그럼 양은숙 무당도 그런 실험이 가능할까요?"

"사체가 아직 연고자를 기다리고 있다니 제가 한번 가볼 생
각입니다."

"그래 주시겠습니까?"

"당연히 그래야죠. 익사가 아니고 타살인데……."

이성욱, 다행히 승우의 말을 믿고 있었다.

"수고비는 어떻게 지불해 드릴까요?"

수고비!

딱히 농담이었겠지만 예의상 물었다.

"하핫, 곧 저희가 선친 기일이 돌아오는데 아시면, 지방 모시는 법이나 알려주시죠."

"지방 쓰는 게 아니고 모시는 법이라고요?"

"예."

"그건 요즘 웬만한 집에서는 안 하고 있던데요?"

"압니다만, 뭐 기왕 하는 김에 제대로 하는 것도 괜찮을 것 같아서요."

"그러시다면……."

승우, 고리타분한 일이라고 다들 관심이 없는 일을 설명하기 시작했다. 차례상이나 제상 차리는 법은 엄마에게 배워 알고 있었기 때문이었다.

신주나 지방의 문제라면 원래는 다리가 긴 의자, 즉 교의를 병풍 앞에 놓고 거기에 모셔야 한다.

밥상 위에 두는 것은 무례한 짓. 그건 조상님을 밥상 위에 앉힌 것과 같기 때문이었다.

"아, 그럼 보통 의자라도 제상 뒤에 놓고 거기에 두면 될까요?"

설명을 들은 이성욱이 물었다.

"방석이나 깨끗한 백지 한 장 깔고 올려두면 금상첨화죠. 요즘이야 뭐 그런 거 따지는 사람도 많지 않지만……."

"어이쿠, 이거 수수료 짭짤하게 건져갑니다."

이성욱은 흔쾌히 전화를 끊었다.

그때 출장을 나갔던 권오길이 바삐 들어섰다.

"검사님!"

"어, 확인했어?"

"사진을 찍어왔습니다."

권오길이 핸드폰을 내밀었다. 그가 화면을 띄우자 인형이 나왔다.

"……!"

승우의 인상이 찌푸려졌다. 속파만신으로 불리는 양은숙의 집에서 나온 볏짚 인형과, 고재분의 집 근처에서 나온 지푸라기 인형은 형태가 달랐다. 전자는 도깨비 형상이고 후자는 그냥 인형 형상…….

"인형이 발견된 건 우연의 일치 아닐까요? 아니면……."

두 개의 형태가 다르자 권오길이 고개를 갸웃거렸다.

"아니면?"

"원래 할머니들은 이런 거 믿는 사람이 있으니 액땜을 위해 무속인들에게……."

"양은숙은 그 자신이 한 시대를 대표할 정도로 유명했던 무속인이야."

"그렇군요."

"그리고 잘 봐. 인형 형태는 다르지만 이 검은 침……."

승우가 화면을 짚었다. 인형에 꽂힌 검은색 나무 침들은 비슷해 보였다.

그제야 권오길, 고개를 끄덕거렸다.

그때 규리에게 전화가 들어왔다.

"아저씨, 저 잘 도착했어요."

"어, 미안……. 내가 데려다줘야 하는 건데……."

"아뇨. 어차피 잠만 잤는걸요, 뭐."

"아, 그런데 말이야……."

승우, 규리에게 볏짚 인형 이야기를 꺼냈다.

"뱅이굿이라면 사람에 따라, 목적에 따라 다른 형태로 사용하기는 해요."

정리는 규리가 해주었다. 한 사람에 의해 사용되었을 수도 있다는 추측이 가능해졌다.

"권 수사관!"

잠시 고뇌하던 승우가 결단을 내렸다.

"네?"

"그 인형들 재료 모아서 국과수에 분석 의뢰해."

"예? 지푸라기 인형을요?"

"왜? 안 돼?"

"그, 그건 아니지만……."

"대검 분석실에도 같이 보내. 분석관들이 스케줄 안 잡아주면 검찰총장님 특명으로 수사 중인 사안이니까 알아서 하라고 닦아세우고."

"알겠습니다."

승우의 표정을 본 권오길, 군소리 없이 실행에 나섰다.

"고재분 할머니 신상 나왔습니다."

계속 골똘하던 승우에게 나수미가 다가왔다. 승우가 서류를 받아 들었다. 한 장 한 장 서류를 넘겼다, 모진 풍파를 헤치며 살아온 고재분 할머니. 현재까지 공개된 기록만으로도 가슴을 저미게 만들었다.

당 만 88세.

1900년대 초반의 호적이므로 플러스 마이너스 3살까지는 가능한 나이였다.

일본 패망 직전의 1940년대 초에 위안부로 끌려갔다.

동남아의 남양군도 등지에서 일본군의 성노리개가 되었다.

몇 번의 임신과 하혈, 구타와 학대, 미군의 공습과 포격 등을 피해 살아남아 해방 후에 귀국했다.

이후 남편과 결혼해 딸 하나를 두었다.

그런데 비극이 이어졌다.

1970년대 남편이 일본인을 상대로 무역을 하다가 일본 회사의 느닷없는 배신으로 부도를 맞고 알거지가 되면서 자살을 했다. 이때부터 할머니는 위안부였음을 커밍아웃하고 위안부 배상 운동의 선봉에 서게 되었다.

질곡 깊은 삶의 흔적을 짚어가던 승우, 또 다른 기억 앞에서 시선을 멈추고 말았다.

소송!

소송이었다. 일본인 남자를 상대로 한 길고도 끈질긴 소송. 패소하면 또 다른 죄목으로, 지면 또 다르게…… 생기는 돈마다 소송비용으로 날리면서도 그치지 않는 소송이었다.

중요한 건 그 소송이 아직도 진행 중이라는 사실.

할머니의 표적이 된 남자의 이름은 코타료였다.

〈츠츠미 코타료〉

무슨 이유였을까? 무슨 사연일까? 얼마나 한이 맺혔길래 할머니는, 70여 년이 지난 지금까지도 개별 소송 전쟁을 진행하고 있었던 걸까?

승우의 촉이 그쪽으로 쏠리기 시작했다.

그런데 츠츠미 코타료가 누군지 밝혀지면서 승우는 또 한 번 경악에 휩싸였다.

츠츠키 코타료.

코타료는 어마어마한 거물이었다. 자그마치 내각을 역임했고, 그가 전후(戰後)에 창업한 코마기업은 일본 굴지의 기업 중의 하나였다.

더구나 그 아들 에이타 역시 일본의 내놓으라하는 기업인인 동시에 수시로 장관에 거명될 정도의 명가다.

단순한 거물이 아니라…….

거물 위의 거물이었다.

힘없는 위안부와 일본의 명가.

상황이 이렇게 정리되어 버린 것이다.

연결고리! 그게 필요했다.

개별적인 사건이라면 개별 대응을 해야 하지만, 만약 이들 사건이 모두 연결되어 있다면, 그렇다면 승우 해골에 지진이 날 일이지만, 그 고리를 찾아내야만 수사의 맥을 잡을 일이었다.

다시 수사관 회의를 열었다.

무속인 주성희―미스터리 타살 의심.

무속인 양은숙―자연사 내지는 의문사.

위안부 고재분―의문의 위독.

세 사안의 공통점은 '위해'였다.

위해!

누군가 그걸 실행한 사람이 있다면?

그는 누구인가?

그리고, 왜?

"……!"

승우가 자신의 심정을 보여주자 수사관들은 일동 긴장하는 빛이 역력했다.

다른 건 모른다.

그러나!

무속적인, 초자연적인 촉만은 대한민국 최고로 등극한 승우였기 때문이었다. 승우는 그 증거로 육부적과 뱅이굿을 내세웠고, 육부적에 대해서 집중 설명을 했다.

거기에는 국과수 이성욱 검시관과 원주분원 검시관의 육성 소견이 큰 도움이 되었다.

〈현재의 해부학적 수준으로 진단, 분석할 수 없는 기괴한 가스 내지는 정체불명의 물질이 사후에도 근육 속에 존재하고 있었음.〉

검시관!

그들의 부검소견은 거의 절대적이었다. 그런 검시관들이 승우의 주장에 일부 공감을 표시한 것. 더구나 한 명도 아니고 두 명이었다.

원래도 승우의 무속적 촉을 믿는 수사관들, 이쯤 되니 승우의 촉에 이론을 제시할 여지가 없었던 것이다.

물론, 뱅이굿에 대해서는 다들 반신반의를 했다. 그러나 그 또한 완전히 허황된 일은 아니었다. 역사적으로도 수없이 반복되었던 술법이 아닌가?

그렇다면…….

무엇 때문에?

일단 위안부 고재분은 〈일본〉과 연관된 일이었다.

주성희 역시 〈일본〉에서 돌아오던 길이었다.

다만 속파만신으로 불리는 퇴역 무속인 양은숙만은 일본과의 연결고리가 눈에 뜨이지 않았다.

그런데, 그 연결고리를 석 반장이 가지고 돌아왔다.

"늦었습니다요!"

걸쭉한 목소리로 자리를 잡은 석 반장. 탐문수사의 뚜껑을 열었다.

"양은숙… 출입국 기록을 보니 일본 여행을 종종 다녔더군입쇼."

"……!"

승우의 머리에, 햇살이 들어왔다.

"이번에도 약 한 달 전쯤에 일본인으로 보이는 사람이 그녀를 찾았다고……."

주변 탐문으로 올린 개가였다. 저인망식으로 훑는 수사에 능한 그는 동네 할머니들이나 부동산 업소를 중심으로 돌았다. 그러다 결국 일본인처럼 보이는 사람이 속파만신 양은숙의 집을 찾는 일이 있었다는 걸 알아낸 것이다.

쨍쨍, 구름에 가렸던 햇살이 나왔다.

"인상착의도 알아 왔습니다요."

이제는 온통 햇살, 햇살이었다.

일본!

고리는 연결되었다. 세 여자는 일본과 관련이 있었다.

이제는 셋의 관계가 문제였다.

세 사람은 아는 관계일까?

이때 주성희와 양은숙의 관할서에서도 낭보가 올라왔다. 주성희가 일본으로 가기 전에 머물던 집, 그곳을 드나든 사람들의 CCTV 화면을 보내왔다. 고재분 할머니 역시 마찬가지였다.

세 사람의 CCTV에 등장하는 사람들. 혹시 동일인이 있다면… 그리고 그가 일본인이라면……. 결정적인 단서가 될 수도 있었다.

승우와 석 반장, 그리고 나수미가 분석실로 달려갔다. 승우는 분석실장을 만나 지급분석을 부탁했다. 일이 밀렸다고 난감해하는 실장에게 유 계장이 지원사격을 했다. 둘은 호형호제하며 소주잔을 기울이는 사이였다.

분석!

분석!

그러나 매사 그렇게 쉽게 풀릴까? 세 망자를 찾아든 낯선 사람은 도합 여덟 명.

"이 사람이 그 사람 같은뎁쇼?"

화면을 주시하던 석 반장이 말했다. 그가 적어온 인상착의와 유사한 사람이 나온 것이다. 하지만 애석하게도 형체만 비

숫할 뿐 동일 인물은 없었다.

"아, 여기서 단서가 나와 줬어야 일이 수월한데……."

나수미가 아쉬움을 토로했다.

"첫술에 배부르겠어? 양은숙 쪽이라도 추적해 보자고."

승우는 아쉬움을 감추고 나수미를 위로했다. 그때 실장이 웃으며 말을 건넸다.

"아직 끝난 거 아닌데요?"

"아니라고요?"

차도형이 반응했다.

"아, 요즘 별관이 수사실적 1등이라더니 범인만 잡느라고 최신 기법을 모르시네. 어차피 범인 얼굴 가져온 건 아니잖습니까?"

"그렇죠……."

석 반장이 대답했다. 승우는 두 사람의 대화를 지켜보고 있었다.

"그럼 차분하게 2차전 갑시다. 우리 비장의 무기는 아직 나오지도 않았는데……."

"어머, 그러고 보니… 바이오인식 테크놀로지?"

나수미가 끼어들었다.

"어이쿠, 그래도 나 수사관은 아시는군. 맞습니다. 바이오인식……."

실장은 화면을 돌리며 설명을 이었다.

"물론 얼굴이 최고죠. 저요 하고 나와 주면 얼마나 쉽습니까? 그런데 아시다시피 요즘은 범인들도 진화한다는 거 아닙니까? 마스크에 모자에… 얼굴에만 기대면 CCTV는 있으나 마나입니다."

승우도 그제야 생각이 났다.

바이오인식 테크놀로지.

그건 목소리와 걸음걸이 등을 분석하는 최신 기법이었다. 사람은 얼굴이 다르듯, 걸음걸이도 다르다.

몸무게가 다르고 근육과 힘줄이 다르고, 뼈, 골밀도, 습관이 다르기 때문이다. 이런 점을 감안해 걸음걸이를 분석하면 범인을 특정화할 수 있다.

귀 또한 마찬가지다.

마스크를 써도 귀는 노출된다. 모자의 경우도 상당 경우에 귀가 노출된다. 여기에 덧붙이는 게 바로 범죄자의 패턴.

만약, 미리 범죄를 계획한 사람이라면 행동에 일정한 패턴을 보인다. 이들을 종합하면 용의자나 범인을 압축할 수 있는 것이다.

"어디 보자……"

설명을 마친 실장이 직접 분석을 시작했다.

주성희의 방문자…….

양은숙의 방문자…….

그리고 고재분의 방문자까지 거슬러간 실장의 눈이 한 남자의 화면에서 멈췄다. 물론 승우와 차도형, 나수미는 알지 못했다. 실장이 주목하는 남자는 다 다른 얼굴이기 때문이었다.

그런데…….

실장의 판단은 달랐다.

"이 세 사람… 동일인입니다!"

"……?"

승우가 고개를 들었다.

"동일인이라고요?"

"동일인?"

자신이 가져온 인상착의를 보면서도 의아한 모습의 석 반장.

"얼굴은 무시하고 걸음걸이를 보십시오."

실장이, 각기 다른 장소에서 움직이는 세 사람을 한 화면에 올려주었다. 명징하게 비교가 되었다.

"……!"

승우와 수사관들, 놀란 입을 다물지 못했다. 얼굴을 무시하니, 세 사람은 동일인이었다. 다른 얼굴, 다른 옷, 그러나 같은 체격, 같은 걸음걸이……. 심지어는 걸음 사이에 보이는 습관까지도 같았다.

변장을 했다는 이야기였다.

"체격과 보폭… 여러 가지를 종합할 때 60대입니다. 60대 초반 같군요."

60대의 남자. 누굴까?

변장까지 하고서 세 희생자를 찾아다닌 사람······.

그래야만 했던 사람······.

탐문 수사를 넓혔다.

주성희, 양은숙, 고재분······.

양은숙에게서는 별게 나오지 않았다.

공식적으로는 이미 오래전에 무속을 접은 사람. 상주보살처럼 그저 옛날을 못 잊어 찾아오는 사람들에게 부적이나 써주며 늙어가던 참이었단다.

오직 신의 딸로 산 그녀였기에 죽을 때까지 미혼. 너무 늙은 그녀였기에 주변 사람들과의 교류도 많지 않았다.

출입국관리 기록으로는 오키나와행이 눈에 띄었다. 해외출국 건수는 생애 총 6건이었지만 그중 세 건이 자그마치 오키나와였다.

주성희는 다행히, 단서가 하나 나왔다. 그녀가 일본으로 건너간 데는 일본인의 알선이 있었던 모양이었다.

"일본 무속인과 통화를 했다고 했어요. 자기 실력도 확인하고 일본 무속도 돌아볼 겸 간다고 자랑했었는데······."

주성희 사망 전에 통화를 했던 친구의 증언.

그걸 단서 삼아 주성희의 통화 내역을 죄다 뒤졌다. 일본에서 걸려온 전화가 있었다. 확인해 보니 북해도 쪽이었다.

그러나 그는 여행사 직원. 문의가 돌고 돌아왔기에 오키나와를 추천해 준 것밖에 없다고 했다. 전화번호 역시 일본 여행사가 맞았고 그곳에 근무하는 사람도 맞았다.

결론적으로 주성희도 오키나와가 나왔다.

마지막으로 위안부 고재분 할머니를 찾아갔다.

할머니는 눈을 뜨고 있었다. 하지만 초점이 없었다.

뭐라고 웅얼거리지만 뜻 없는 말이었다.

"실어증은 아닌데 유사합니다. 여러 기능이 급격히 떨어져서 다시 말을 할지는……."

담당의가 고개를 저었다. 고령의 노인. 그들은 한 번 치명타를 맞으면 회복하기 힘든 까닭이었다.

할머니를 대신해 딸을 만났다. 그녀는, 몹시 격분해 있었다.

"이건 살인미수예요."

승우를 보자마자 잘라 말했다.

살인미수…….

"왜 같은 한국인끼리 말을 안 믿는 거죠? 우리 어머니를 죽이려고 한건 일본 놈들이에요. 일본 놈들이… 어머니를 위안부라는 이름으로 한 번 죽이고, 아버지를 죽이고… 그것도 모자라 또 어머니를 해치러 온 거라고요."

복도로 나온 그녀의 목소리는 더욱 격앙되어 갔다.

승우는 일단 귀를 기울였다.

"우리 경찰 다 뭐해요? 검찰은 뭐 하냐고요? 대체 왜 사람 말을 안 믿죠? 우리 어머니 숨이 끊어져야만 수사에 나설 건가요?"

"……"

"당신들이 알아요? 우리 어머니의 피맺힌 한……! 살아생전 그 지옥을 단 하루도 빠져나오지 못한 삶……. 다들 말로만 위안부, 위안부 하고 생각하는 척하지 실제로 도움이 되는 게 뭐가 있냐고요?"

"……"

"가세요. 행동하지 않을 거면 무슨 말이 필요한가요? 그저 수사했다는 형식 남기게요? 면피하시게요? 이제 몇 분 남은 위안부 할머니들 다 돌아가시면, 당사자가 없으니 유야무야 덮을 건가요?"

침이 튀었다. 속이 타는 것이다. 위안부 어머니를 둔 딸… 자라면서 그녀도 저 가슴에 대못이 퍽퍽 박혔을 일이었다.

한국인들… 조그만 차이만 있으면 얼마나 놀려대는가? 얼마나 씹어대는가?

그때 문자가 하나 들어왔다. 승우는 슬쩍 문자를 확인했다. 대검 분석실에서 온 결과였다. 나름 괜찮은 소식이었다.

"지푸라기 인형… 따님이 가지고 있다죠?"

핸드폰을 넣은 승우가 조심스레 입을 열었다.

"왜요? 다들 조선시대에서 왔냐고 비웃던데 검사님도 비웃음 보태려고요?"

"우리 검사님은 무속을 무시하지 않는 분입니다. 수사관을 보내 그 인형 한 올을 받아가 분석을 맡긴 것도 검사님입니다. 마음 많이 상하셨겠지만 그래도 할머니가 쓰러진 원인을 밝히고 싶으시다면⋯⋯."

옆에 있던 나수미가 화면을 내밀었다. 무속전문검사 송승우라고 나온 기사 화면이었다. 기자들이 멋대로 지어 붙인 별명⋯⋯.

"⋯⋯."

딸의 감정이 살짝 내려앉는 게 보였다.

승우는 품에서 또 다른 인형을 꺼냈다. 속파만신의 장롱 아래에서 나온 그것이었다.

"그건 어디서 난 거죠?"

딸의 시선이 따라왔다.

"얼마 전에 죽은 늙은 무당의 집에서 나왔습니다. 그분은⋯ 안타깝게도 유명을 달리하셨죠."

"⋯⋯?"

"이 두 인형⋯ 같은 사람이 만들었을지 모른다고 생각했었습니다. 그럼 어떤 단서가 나올 것도 같아서⋯⋯."

"같은 사람? 그 사람도 위안부였나요?"

"그건 아닙니다. 이야기가 조금 복잡합니다만 한 가지는 공감합니다."

"……?"

"고재분 할머니, 과학적 증거는 없지만……. 누군가가 타살하려고 한 가능성은 있어 보입니다."

"……!"

딸의 눈동자가 확 넓어졌다.

"두 지푸라기 인형을 분석했는데… 모두 한 지역의 볏짚으로 판정되었습니다. 일본, 오키나와……."

"오키나와라면 역시 코타료, 그 인간이에요."

딸의 입에서 비명이 터져 나왔다.

오키나와!

코타료!

역시 뭔가 있는 게 분명했다.

"그럼 고 할머니도 오키나와와 연관이 있다는 거군요?"

"당연하죠. 코타료 그 인간이 거기 잠적하고 있거든요."

오, 마이 갓!

오키나와!

피해자 세 사람의 공통점은 오키나와였다. 그게 확인되는 순간이었다.

"박순임 씨!"

승우의 시선이 딸의 눈으로 향했다. 두 눈이 마주치자 승우가 또렷하게 말을 이었다.

"저하고 같은 편이 되시겠습니까?"

"……."

"그러자면 제게 모든 걸 알려주셔야 합니다. 어머니의 빛과 그림자를 전부……."

승우의 목소리는 한껏 비장했다.

"……."

딸의 침묵은 깊었다. 심연만큼이나 끝이 없었다.

"……."

승우도 같이 침묵했다. 그녀는… 대답하지 않았다. 같은 편이 될지 아닐지. 그러나 거절하지도 않았다.

이심전심(以心傳心).

그럴 수 있을까?

나수미의 눈빛은 흔들렸지만 승우는 확신했다. 그녀의 침묵은 곧 동의에 이를 거라는 걸.

"츠츠미 코타료……."

딸의 입에서 일본인 이름이, 신음처럼 밀려 나왔다. 한숨과 함께 딸의 시선이 먼 과거로 달려갔다. 그리고… 그 과거에 서린 고재분의 한을 숭덩 당겨왔다.

1941년이었다.

나이에 비해 키가 훌쩍 큰 고재분. 가난한 부모와 남동생을 위해 손을 들었다. 일본의 방적 회사 직공 모집에 응시한 것이다. 조건은 좋았다. 아버지는 늑골이 아프고 남동생은 공부를 해야 하는 몸.

그래야 고씨 가문이 살 수 있는 일. 누이로써, 딸로써 할 수 있는 일은 그뿐이었다.

선불을 조금 받았다. 고재분은 제일 먼저 한약방으로 달려가 아버지의 약을 지었다.

"의원님, 잘 좀 부탁드려요!"

그 말을 몇 번이나 했는지 모른다. 약봉지를 받아들고 몇 번이나 열어봤는지 모른다. 날아갈 것 같았다.

아버지를 살릴 수 있다는 행복, 자식으로서의 도리를 했다는 뿌듯함. 집으로 돌아온 고재분은 한약을 다렸다. 밤새 다렸다.

아버지의 첫 약은 그 손으로 바치고 싶었다.

"쭉 드시고 벌떡 일어나세요."

투박한 막사발에 담긴 한약…… 고재분은 환한 웃음으로 내밀었다. 늑골 때문에 일상의 절반을 누워 살던 아버지, 제 딸이 어딜 가는지도 모르고 약을 받아마셨다.

"네가 무슨 돈이 있어서……."

염치없는 마음에 나온 말은 그게 전부였다.

엄마는 눈물로 보리밥을 지었다. 딸이 이역만리로 돈 벌러 가면서 받아온 선불. 피 같은 돈이지만 배불리 먹여 보내려고 흰 쌀도 한 줌 섞었다.

"많이 먹고 가거라."

엄마가 고봉 가득 누른 밥을 내밀었다.

이 시대의 딸은 천덕꾸러기. 그렇기에 고재분을 낳았을 때도 고운 소리 한 번 듣지 못한 엄마였다.

그 밥을 뜨려는 데 고재분, 하나뿐인 남동생과 눈이 마주쳤다.

재분의 고봉에 숨겨진 하얀 쌀밥…… 갈피갈피 벌어지며 꽃처럼 피어나는 하얀 꽃. 동생은 저절로 침이 넘어갔다.

결국, 고재분 보리밥 안에 숨겨진 쌀밥을 동생에게 죄다 퍼주었다.

"아이고, 제 누이 먼 길 가는데……"

엄마가 역정을 냈지만 고재분은 웃었다.

"엄마, 나는 괜찮아요. 거기 가면 날마다 쌀밥만 먹는데……"

고재분은 제 보리밥까지 동생 그릇에 올려주고 보따리를 집어 들었다. 짐이랄 게 뭐 있을까? 낡은 한복 저고리 한 벌에 엄마가 찔러준 누룽지가 전부…… 그것마저도 착한 재분은 동생 손에 안겨주었다.

"공부 잘하고……"

"응……"

"누나 올 때까지 엄마 말 잘 듣고……"

"응……"

동생이 코를 홀쩍이며 고개를 끄덕였다. 재분은 울지 않았다. 울긴 왜 운담? 스스로 희망에 불타는 재분이었다.

일본에 가면!

밤낮 없이 일을 할 생각이었다. 그래서 돈이 생기면 맛난 센베 과자를 한 아름 사들고 돌아올 생각이었다. 아무것도 모르는 재분은 분명 그랬다. 차례차례 줄 지어 화물선에 오를 때까지는……

화물선……

그 안에서 재분의 운명이 갈렸다.

"방적 공장? 미친 년, 놀고 자빠졌네. 우리가 지금 어디로 가는지 몰라?"

서너 살 더 먹은 언니 하나가 빼액 소리를 질렀다. 화물선 바닥이었다.

"돈 벌러 가잖아유? 왜 소리는 지르곤 난리래."

재분이 옆에 있던 충청도 소녀가 말했다. 그녀 역시 재분의 또래였다.

"지랄 똥 싸고들 자빠졌네. 이 미친년들아, 우린 지금 일본 놈들 노리개로 팔려가는 거야!"

언니는 얼굴에 무릎을 묻고 흐느꼈다. 다른 언니들 몇도 그랬다.

"우엑!"

여기저기서 배멀미가 시작되었다. 재분도 몇 번을 게워냈다. 저 밑바닥 창자의 똥물까지 다 올라왔다. 그제야 멀미가 멈췄다. 바닥에 큰 대자로 누워 생각했다.

'아닐 거야.'

저 언니들이 잘못 알고 있는 거야.

재분은 고개를 저었다. 재분은 공고문을 보았다. 글자를 아는 동네 오빠가 분명하게 읽어주었다.

일하는 곳은 일본의 방적 공장, 월급은 한 달에 얼마……

배가 일본에 닿았다. 그러나 항구를 나가지 못했다. 무장한 군인들이 무섭게 다가와 그녀들을 인솔했다. 그리고……. 다른 배에 태워졌다.

"어디로 가요?"

붙임성 좋은 그녀가 물었지만 대답은 돌아오지 않았다.

다시 멀미가 시작되었다. 그리고… 몇 날 며칠 밤이 지난 후에 이상한 나라에 닿았다.

더웠다.

나무가 달랐다.

그리고… 대우도 달라졌다.

일본군들은 소녀들을 방적 공장이 아닌 막사로 몰아넣었다. 좁고 퀘퀘한 막사였다. 재분이 혼자 누우면 딱 맞을 듯한……

'여기가 숙소인가?'

낡은 나뭇잎과 나무로 만들어진 막사를 두리번거릴 때 그 남자가 들어왔다.

츠츠미 코타료였다.

일본군 장교이자 위안부 관리책임을 맡은 사람이었다. 긴 장검에 군화를 신고 들어선 그. 일본인이지만 인상이 좋았다. 착하고… 어질게 생긴 사람.

하지만!

그가 뱉은 첫마디는 간단했다.

"벗어!"

혼돈!

뒤섞임!

한 마디로 엉망이었다.

고재분은 꿈을 꾸는 줄 알았다. 꿈에서 깨어나려고 모진 애를 썼다. 돌로 손가락을 치기도 하고 혀를 물기도 했다. 마지막에는……. 목도 매달았다.

실패였다.

그때마다 혹독한 징벌이 돌아왔다. 징벌자는 늘 츠츠미 코타료. 놈은 사람이 아니라 악마의 인간형상에 불과했다. 조금이라도 말을 듣지 않는 소녀들에게 차마 말로는 할 수 없는 체벌을 가해왔다. 게다가 유독 고재분에게는 더욱 처절했다.

흙구덩이에 던져놓고 위에서 오물을 배설하는 건 천국에 속했다. 아직 어린 소녀들의 몸. 그 몸에다 온갖 성적 호기심을 다 실험했다. 그녀들의 몸은 그저… 놈의 장난감에 불과했었다.

인간성?

그런 건 사치에 속했다. 아니, 고재분과 위안부들에게는 허용되지 않은 단어였다.

마침내!

재분은 마음을 바꿨다.

포기가 아니었다.

살아남아서… 기필코 살아남아서 코타료를 죽일 생각이었다. 복수할 생각이었다. 그래서 더 열심히 일(?)했다. 오는 일본군들은 빠짐없이 받아냈다. 그럴수록 고재분의 눈 속에는 복수심이 불타올랐다.

그러다 마침내, 복수의 순간이 왔다. 태평양 전쟁 말기. 온 아시아를 지옥으로 몰아넣었던 광기의 일본이 마침내 패망에 직면하게 된 것이다.

그러나 남양군도의 고재분에게는 먼 남의 일이었다. 그곳은 아직도 일본군 세상이었고, 놈들은 두려움과 공포 속에서도 성적 배설을 멈추지 않았다.

그걸 종결시킨 게 미군의 포탄이었다.

콰앙, 쾅!

몇 발의 포성과 함께 일본군들은 혼비백산을 했다.

하지만!

단 한 인간, 코타료만은 그러지 않았다. 그놈은 같은 일본군을 베면서까지 미군과 격전을 치뤘다. 고재분이 본 것만 해도 여섯이었다. 칼로 베고, 권총으로 쏘았다. 자리를 이탈하면 무조건 죽음이었다.

천지신명이시어!

재분은 빌고 또 빌었다.

저놈만은······.

저놈만은 피를 거꾸로 쏟으며 목이 잘려죽기를······.

배때지가 터져 창자를 쏟으며 죽기를······.

고추와 방울이 박살 나 죽기를······.

퍼엉!

한 폭음과 함께 재분에게 기회가 왔다. 폭음에 쏠린 코타료가 쓰러진 것이다. 재분, 구덩이에서 눈알이 빠져라 노려보다 몸을 일으켰다.

어머니······.

아버지······.

그리고 운철아······.

재분은 여기저기 나뒹구는 총검 하나를 집어들었다.

잘 계시죠?

아픈 데는 다 나으셨죠?

재분은 달렸다.

죄송해요.

저를 용서하세요.

눈물이 앞을 가렸지만 입술을 앙 물었다. 포성으로 연기 가득한 눈앞에서, 비실, 쿄타료가 일어나고 있었다.

퍼엉!

—츄릿!

폭음과 재분의 총검은 동시에 소리를 냈다. 하지만 신은 절반만 재분의 편이었다. 폭음 때문에 몸이 흔들리면서 쿄타료의 중심이 아니라 어깻죽지를 찔러버린 것이다. 그리고, 폭음에 실린 재분도 둥실 떠올랐다.

고향이 보였다.

살구꽃 가득한 초가집…….

거기 담장 아래에서 뛰어노는 어린 재분…….

그 머리에 꽃힌 진달래와 개나리…….

붉은 진달래꽃이 선명하게 부각되더니 재분의 기억은 숯빛 검정으로 물들어 버렸다.

쿄타료는 살았다. 하늘도 무심하지 중상도 아니었다. 더구나 미군들은 친절하게도 그의 부상을 치료하기 위해 들것에 실어갔다.

재분은 다음 날 깨어났다.

"이년아, 우리는 이제 자유야!"

상화 언니가 소리쳤다.

현해탄을 같이 건너온 언니. 그 후로도 많은 위안부들이 끌려와 섞였지만 끝까지 고재분을 돌봐주던 그 언니…….

남은 위안부들이 환호를 질렀지만 재분은 웃지 않았다. 비틀, 상한 몸을 이끌고 일어선 재분은 코타료를 찌른 자리로 향했다. 거기, 코타료의 군모가 떨어져 있었다. 재분은, 돌덩이를 주워와 모자를 찍었다.

"으아아!"

죽어! 죽어! 죽어버렷!

찍고 또 찍었다. 코타료가 없는 빈자리를…… 실제로 그렇게 했어야 했을 한을…….

휘잉!

무심한 바람이 불어갔다.

뒤돌아보니 아무것도 없었다. 남은 건 전장의 상흔들…… 그보다 더 깊고 깊은 위안부 소녀들의 상흔뿐…….

코타료와는 그렇게 헤어졌다. 이후 한국에 입국한 재분은 집안을 돌보느라 바빴다. 그사이에 아버지가 세상을 뜬 것이다.

남동생을 상고까지 공부시키고 결혼도 시켰다. 해방된 한국에서의 삶 또한 궁핍하기 이를 데 없었지만 남양군도의 지옥을 생각하면 아무것도 아니었다.

국밥 장사를 해서 돈도 제법 모았다. 그러다 수입품 장사를 하던 박기철을 만나 결혼을 했다. 쉽지 않은 결정이었다.

착한 재분은 남편에게 위안부 생활을 고백하지 못했다.

지금의 딸 순임을 낳고 한동안 행복하던 고재분. 그 악연 코타료를 다시 만나면서 악몽이 재현되었다. 한 번도 아니고 두 번……

"일본의 큰 회사하고 계약을 하게 되었다니까. 그쪽 사장님이 한국에 오는데 나를 만나주시겠다는군. 당신도 함께 나가자고."

어느 날 들뜬 남편이 말했다.

일본 기업은 토마기업. 사장이 자애로워 가정적인 사람을 좋아한단다. 많은 위기를 넘긴 끝에 천신만고 따낸 계약이기에 고재분도 흔쾌히 수락했다.

서울의 중견 호텔. 재분은 미장원까지 가서 모양을 내고 참석했다. 예의상 먼저 가서 일본 사장을 기다렸다. 20분 쯤 후에 그가 도착했다. 아주 어린 신부와 함께였다.

"……!"

인사를 하려고 일어서던 재분, 사장의 얼굴을 보는 순간, 그 자리에서 혼절하고 말았다. 안경을 끼고, 가르마를 가르고……. 전쟁통의 악마 분위기를 말쑥이 씻어낸 그였지만 고재분의 눈만은 속일 수 없었던 것이다.

그였다.

츠츠미 코타료…….

위안부들의 악마…….

3장

오키나와 신목(神木)

악마는 그냥 가지 않았다. 흔적을 남겼다. 참혹하고도 치명적인 흔적이었다.

　자살!

　악마를 만나고 이틀 후에 박기철은 대들보에 목을 매달았다. 이른 아침이었다.

　〈당신은 나를 속였어.〉

　유서에 적힌 말은 그게 전부였다. 남편이 죽자 비밀들이, 비온 후의 버섯들처럼 여기저기서 솟구쳤다.

　─창녀 아내.

　─계약 파기.

—그로 인한 기업 도산.

호사가들은 제 멋대로 떠들었다. 그 여파는 너무나 컸다. 돈의 몰락이 아니라 가정의 몰락, 그리고 고재분의 몰락. 그 모든 책임은 고재분에게로 돌아왔다.

쯔쯧!

그녀를 만나는 사람마다 혀 차는 소리에 비난을 담았다.

쯔쯧!

그 소리에 고재분이 말라갔다. 누구도 고재분의 말을 들으려하지 않았다. 그저 '쯔쯧'이 전부였다. 남편을 따라가려고 목을 맸다. 죽지 못했다. 혼자라면 아까울 것도 없는 목숨. 그러나 거기 어린 순임이 있었다.

나마저 죽으면!

고재분은 생각했다. 그녀가 걸어온 그 깊고 고통스러운 터널. 저 아이가 혼자 남겨진다면 그런 비극의 재탕이 될 것 같았다. 그래서 살았다. 그리고 생각했다.

그때처럼!

남양군도 때처럼!

내가 그놈에게 복수하리라.

다행히 일본어는 할 줄 알았다. 그 빌어먹을 놈들에게 배운 일본어를 이렇게 써먹게 될 줄은 몰랐다. 고재분은 남편이 처음에 손을 대던 사업을 이었다. 일본 물건을 보따리로 사다가 한국에 파는 것. 일본을 오가는 이유는 하나였다.

츠츠미 코타료.

그를 알기 위해서. 그에게 복수하기 위해서.

생각보다 그는 거인이었다. 하늘은 참으로 무심했다. 어째서 악마에게는 평화와 행복, 힘을 주고 피해자인 고재분에게는 이토록 가혹할까?

그의 기업 토마는 일본의 중견기업이었다. 그때, 그 남양군도… 어깻죽지에 대검을 맞고 미군에게 실려간 놈은 약삭빠르게 미군장교와 교분을 맺고 전후 일본 땅에 미국 물품을 들여다 팔았던 것이다.

그러다 기술을 전수받아 아예 일본에서 제품 생산에 들어갔다. 돈이 날개 돋힌 듯 들어왔다. 결혼을 했고 외아들 에이타를 낳았다. 아들 또한 승승장구 와세다 대학 경영학부를 졸업해 일본을 대표하는 경제학자로 성장해 갔다.

고재분의 눈에 불꽃이 튀었지만, 슬프게도 여전히 약자였다. 총칼 앞에 무참히 유린되던 남양군도에서의 순결과 여성성. 세월이 흐르고 일본으로 자리를 옮겼지만 놈은 여전히 넘보기 어려운 저편에 있었다.

남양군도에서의 만행을 모았다.

다행히 사진도 몇 장 나왔다. 같이 끌려갔던 소녀 중 두 명이 치욕을 잊지 않으려 간직했던 것. 재일교포 변호사를 사서 첫 소송을 벌였다.

기각!

보기 좋게 기각당했다.

특별한 이유도 없었다.

"개자식들!"

기각 사유를 본 변호사가 서류를 패대기쳤다.

그래도 고재분은 포기하지 않았다. 어린 딸을 찬모에게 맡기고 소송에 소송의 꼬리를 물렸다. 그러자 한두 매체가 관심을 가지기 시작했다. 행운이 아니었다. 결국 명예훼손으로 역고소를 당했다.

고재분은 일본에서 실형을 살았다.

"계란으로 바위치기!"

몇 번의 소송이 거푸 기각되자 변호사도 고재분 곁을 떠났다. 일본 법조계와 정부의 교묘한 방해공작이었다.

그때 죽었어야 했는데……

고재분은 폭탄이 야속했다. 미군이 야속했다. 몇 초만 늦게 포탄이 떨어졌더라도 고재분의 대검은 코타료의 등짝을 꿰뚫었을 일이었다.

코타료의 집 앞으로 갔다. 1인 시위를 했다.

—악마는 지옥으로!

—지구 모든 여성의 적 코타료!

—네 만행을 속죄하라!

피켓은 날마다 바뀌었다. 경찰에 잡혀가면 풀려난 뒤에 또 갔다. 코타료의 고향 오키나와로 가면 거기까지 쫓아갔다.

이때는 이미 박순임이 대학생이 되었기에 큰 부담도 없었다.

그때 은인을 만났다. 오키나와에 여행을 온 무속인이었다. 기가 막힌 사연을 전해들은 그녀가 말했다.

"뱅이굿을 해드리지."

뱅이굿.

뭔지 몰랐다. 그저 손 안 대고도 코타료를 해칠 수 있다기에 덜컥 받아들였다. 무당이 물었다. 코타료에게 아픈 곳이 없냐고? 고재분은 남양군도에서 대검으로 어깨를 찌른 이야기를 해주었다.

기막히게도 효험이 있었다. 우연인지는 모르지만, 뱅이굿이 끝나기 무섭게 출근하던 코타료가 어깨를 감싸 쥐고 쓰러진 것이다. 그 앞에는 시위를 하던 고재분이 있었다. 그러나 그녀는 손도 대지 않았다.

경시청이 수사에 나섰지만 고재분은 무죄였다.

'하늘도 무심치 않구나.'

이때부터 뱅이굿이 계속 되었다. 그제야 뭔가 이상을 눈치 챈 코타료가 고재분을 불렀다. 돈 봉투를 내밀었다. 사죄가 아니라 협상이었다.

꼴이 딱해 주는 것이니 그거나 먹고 떨어지라 것이었다.

"당신이 죽으면!"

고재분은 한마디로 응수했다.

돈이 모이면 무당을 일본으로 불러 굿판을 벌이고 부적을 묻었다. 은밀하게, 더욱 은밀하게……

회사와 저택, 그리고 별장까지. 고재분의 집념은 질기게 이어졌다. 마침내 코타료는 쓰러지고 말았다. 그게 세 달 전이었다.

네 만행을 만천하에 고백하면 편하게 죽으리라!

고재분은 최후통첩을 보냈다.

이제 코타료의 나이 95세. 내일을 기약하기 힘들었다. 그러므로 어떻게든 사죄를 받아야 했다. 그 오염된 청춘의 시간과 덧없이 스러진 남편 목숨에 대해……

시나브로 고재분은 전사(戰士)가 되었다.

위안부 문제가 슬슬 대두되면서 양국에서 바빠지기 시작했다. 지금까지 자신을 도와준 남양군도의 소녀들. 그녀들의 손짓을 모른 척할 수 없었다.

서울로, 도쿄로, 오키나와로……. 늙은 그녀는 너무나 바빴다.

다행히 후원자들이 나타났고 딸도 자리를 잡았다. 이제 경비 정도는 문제가 되지 않았다.

분위기도 유리해졌다. 코타료의 자리를 이어받은 에이타 회장이 합의를 요청하고 나선 것이다. 그는 부친의 병환이 고재분으로부터 비롯됨을 알고 있었다. 아버지의 모든 것을 이어받은 아들. 더구나 그 아들도 잘 나가는 기업가로 이름을 떨치고 있는 명가.

코타료가 죽기 전에 이 오랜 사슬을 끊고 정리하고 싶다는 의사를 전해왔다. 즉, 고재분이 배상비로 청구한 3억 원의 두 배를 비공식으로 줄 테니 끝내자는 것.

고재분은 이렇게 말했다.

—돈 때문에 이러는 게 아니야. 내게 정말 필요한 건 네 아버지의 사과, 그리고 일본 법정의 인정이야!

에이타는 돌아갔다.

그리고… 한 달이 지난 후, 고재분이 쓰러진 것이다. 나이는 많았지만, 투지에 불타던 그녀가 식물인간처럼 쓰러질 이유는 하나도 없었다.

"주술이에요!"

긴 이야기를 마친 박순임이 한마디로 결과를 정리했다.

주술…….

"어머니가 무속으로 저주를 퍼부은 걸 알고 같은 방법으로 맞선 거죠."

딸의 신념은 단호했다.

"그런 언질이 있었습니까?"

승우가 물었다.

"네!"

"어떤……."

"에이타가 그런 말을 했다고 했어요. 어머니가 묻은 부적을 용케도 찾아와 던지며… 당신 식으로 대해줄 수도 있다고. 일본에는 무속이 없는 줄 아느냐고. 위대한 점술가들이 널렸다고…….”

“……”

“그 후에 일어난 일이에요. 주술인형이 증거고…….”

“그럼 혹시 그 뱅이굿을 해줬다는 분을 알고 있나요?”

승우가 또 물었다.

“그건 사진으로 본 것밖에…….”

“그 사진이 있습니까?”

“잠깐만요. 어머니 핸드폰에 있을 지도…….”

딸이 다시 병실로 들어갔다. 그녀는 낡은 핸드폰을 열어 파일들을 살폈다.

“여기 있네요.”

딸이 조악한 사진을 열어주었다.

“……!”

승우가 움찔 흔들렸다. 칼라 사진이지만 화질이 형편없는 사진. 오키나와의 명물 만좌모를 배경으로 선 두 사람. 적어도 10년은 넘었음직한 사진이지만 승우는 알 수 있었다.

‘맙소사!’

사진 속의 무당은…….

속파만신 양은숙이었다.

그제야 승우의 머리에서 안개가 걷혀 나갔다.

뱅이굿의 일인자…….

—세상에는 나쁜 굿도 있지.
—그게 바로 뱅이굿이지.
—하지만 잘 쓰면 좋은 굿이 될 수도 있지.

엄마의 말이었다.

과거 뱅이굿은 주로 본처들이 많이 찾았다. 바람난 남편, 그
마음을 붙잡고 요사를 떨고 있는 여자들의 정을 떼어 달라는
주문……. 사정이 딱하면 엄마도 뱅이굿에 나서곤 했었다.

조강지처를 지켜주기 위한 일이었다.

확인 차 상주보살에게 전화를 걸었다.

"맞네. 속파만신……."

그녀는 바로 인증을 해주었다.

"그이가 최고지. 하지만 바른 길이 아니면 결코 뱅이굿을 하
지 않는 심지 굵은 무당이었어. 한 가지 일을 맡으면 끝장을
보는 성격이고……."

상주보살은 또 한 번 아픈 마음을 열어보였다. 몰락의 길을
걷고 있는 무속. 더구나 그녀는 한때, 상주보살과 함께 만신 2
인방으로 불리던 사람이었다.

나랏만신…….

전에는 그런 호시절이 있었다.

반승업—김유감—이성재로 연결되는 거대하고 도도한 신(神) 줄기. 그건 무속의 거대한 산맥이었다. 그러나 이들 이후로 무속은 내리막을 걸었다. 그나마 중간 중흥기를 이룬 게 바로 상주보살과 속파만신……

둘 다 늙고 늙어 현장에서 은퇴했지만, 완전한 퇴장은 아니었던 것이다.

상주보살은 강초희와 애기선녀를 길러냈고,

속파만신은 한국 혼을 불태워 사악한 일본의 거물을 징치하고 있었다.

고재분이 속파만신과 합작하고 있다는 증거는 우체통에서 나왔다. 낡디낡아 녹이 누렇게 슨 우체통.

이미 경찰이 두 번이나 조사했지만 그 이후에 들어온 얇은 택배가 있었다. 편지처럼 얇은 까닭에 바닥에 바짝 깔려 잘 보이지 않았다.

혹시나 하고 우편함을 열어보던 승우, 그걸 발견하게 되었다. 택배기사가 넣어두고 간 모양이었다.

안에는 이제 끝을 보고말자는 내용과 함께 부적이 한 장 들어 있었다. 진짜 부적이었다. 기력이 떨어진 속파만신, 이즈음부터는 택배로 부적을 보내온 듯했다.

한지로 덧 싼 부적에서는 신력이 서려 나왔다. 그저 흉내나 내는 부적들과는 차원이 달랐다.

사진으로 찍어 규리에게 보냈다. 규리는 단박에 알아보았다.

뱅이굿에 쓰이는 부적.

그러면서 엄청난 신력이 투영된 부적.

속파만신의 나이를 생각하면, 그녀 자신의 모든 것을 쏟아 부은 것일 수도 있었다.

이 사건… 엄청났다. 사건 속에 거대한 대립이 숨어 있었다.

―위안부와 그들을 인간이하로 다룬 일본인 장교.

―한국 무속과 일본 무속.

―뱅이굿과 육부적.

―거기에 더해 세 명의 연쇄 상해.

이거…….

'목숨 걸고 해결해야 하는 사건이군.'

승우는 경동맥이 뻐근해지는 걸 느꼈다. 무속도 그렇지만 그 이면에 숨어 있는 위안부 사건. 이거야 말로 한국 검찰의 명예를 걸어야 하는 일 아닌가?

물론!

상대는 엄청났다.

일본 내각의 한축을 담당하는 동시에 일본 최고 기업의 하나인 토마기업의 창업자. 거기에 현재 회장을 맡은 아들 또한 정권 교체 때마다 내각대신으로 이름이 거론되는 일본 사회의 지도층. 어설프게 건드렸다가는 국제문제나 외교문제로 비

화될 가능성이 높을 일이었다.

그렇게 되면 옷을 벗어야 할지도 몰랐다. 법복을……

하지만!

승우는 오래 고민하지 않았다. 진실을 밝히는데 두려울 게 무엇인가? 게다가 승우에게는 빛나는 순수를 갖춘 두 우군이 있었다.

민민과 규리!

그들에게 부끄럽지 않기 위해서라도 승우는, 정면승부를 결정했다.

육부적의 술법사와 진실과 양심을 은폐하고 두 얼굴로 살아가는 코타료를 향한 징벌. 승우는 겁나지 않았다.

＊　　　＊　　　＊

"……!"

승우의 보고를 받은 오 부장, 척추가 얼어버린 듯 움직이지 못했다. 사건이 컸다. 그렇다면 누군가는 알아야 했다.

그랬기에 승우, 오 부장에게 보고를 하게 되었다.

"가시게!"

고민하던 오 부장은 한마디로 대답했다. 그 역시 대한민국 검사였다. 녹녹치 않은 사건임은 알지만, 어찌 보면 승우만 한 적격자도 없었다.

"몸조심하고!"

그가 일어나 손을 내밀었다. 뜨겁게 잡아주는 손을 뒤로 하고 승우가 돌아섰다.

일본!

뜨거운 이슈를 품고, 출격이었다.

일단 수사관 두 명을 골랐다.

승우의 선택은 차도형과 석 반장이었다. CCTV 속의 인물을 찾기 위해서였다. 가면을 썼지만 결국은 한 명. 그를 찾기 위해 최근 두 달 이내의 항만과 공항의 출입국 카메라를 모두 뒤졌다.

걸음걸이와 체형!

과학은 승우에게 선물을 안겨주었다.

유사율 95% 이상의 인물이 세 명 나왔다. 코타료의 직계인 에이타나 타이치는 아니었다. 에이타의 나이도 60대. 혹시 범인일까 기대했었지만 바로 잊어버렸다. 내놓으라 하는 일본 재계의 선두주자가 직접 살인에 나설 만큼 어리석지는 않을 일이었다.

그 셋 중 하나가 오키나와에 살았다. 이름은 '신바'였다.

신바!

62세. 직업은 없음.

관광을 목적으로 보름간 입국했다 출국.

주소는 오키나와 중부 지역의 해안가.

신바를 피살자 주변 CCTV에 찍힌 인물과 비교했다. 얼굴과 옷만 다르지 상당수가 일치를 보였다.

"이놈 같습니다요!"

수만 명의 대조 끝에 신바를 추려낸 석 반장의 눈이 불꽃을 뿜었다.

오키나와로 가면서 상주보살과 규리에게 전화를 걸었다. 규리의 도움이 필요한 까닭이었다.

—좋아요!

어린 규리, 당차게 대답해 주었다.

그녀도 역시 한국인. 일본 무속인의 깽판은 그녀조차도 봐줄 수 없는 모양이었다.

'오키나와……'

창측 좌석에 앉아 생각에 잠겼다. 그러고 보니 이강순도 오키나와에 갔었다. 잊었던 이름이 이렇게 연결이 되고 있었다.

'이 사건과는 관계가 없기를……'

승우는 진심으로 바랐다.

＊   ＊   ＊

오키나와!

하늘은 맑았다. 날씨도 따끈했다. 아담한 공항의 직원들은 깔끔하게 일처리를 하고 있었다. 반듯한 일본인들다운 면모였다.

나하 공항을 나오자 렌터카 직원이 보였다. 그의 인도를 따라 정거장으로 갔다. 거기서 픽업 차량을 타고 렌터카 회사로 갔다. 꼬마 전철이 고가를 가깝게 지나가는 건물이었다.

승우는 차량을 따로 빌렸다.

형식상 차도형과 석 반장과 따로 움직이는 것이다.

한국과 핸들이 다른 일본의 차량. 약간 낯설었지만 도로에 나오자 바로 익숙해졌다.

지시를 내리고 구해군사령부 쪽으로 달렸다. 네비게이션에 한글지원이 되어 크게 불편하지 않았다. 구해군사령부 입구는 조금 높은 곳에 있었다.

사령부는 참호였다. 2차 대전 당시, 일본군은 여기서 밀려오는 미군을 맞아 싸웠다. 좁은 참호 안에는 그날의 역사가 고스란히 남아 있었다. 전사자는 셀 수도 없었다.

영기……

아비규환……

그리고 절규와 비탄……

느린 메아리처럼 휘돌아치는 영기들을 헤치며 바다로 나왔다.

이강순……

그는 여기서 무엇을 했을까? 길 잃은 악령을 자기 안에 심으려 했을까? 꼭대기의 정자에 서니 바다가 보였다. 승우는 방향을 가늠했다.

신바!

그가 이 근처에 있다. 저기 바다가 보이는 외딴 곳에. 피가 후끈 더워졌다.

차를 두고 길을 물었다. 승우도 일본어 정도는 그럭저럭 할 수 있었다. 물론, 차도형만은 못하지만……

무덤이 많았다.

집인가 하면 무덤일 정도였다. 그 옛날, 미군에 맞서 싸운 사람들의 것일까? 고개를 돌리니 여기도, 저기도 무덤이었다.

길을 잃고 말았다.

저만치 해군사령부가 보이지만 신바의 거처는 찾을 수 없었다. 그러다 늙은 낚시꾼을 만났다. 그는 주소를 보더니 따라오라고 했다. 친절하게도 직접 가르쳐 줄 모양이었다.

좁은 길을 지나고, 무덤군을 지나서야 그의 발이 멈췄다. 그가 가리킨 곳은 커다란 무덤이 떼를 지어 자리한 옆이었다. 조용한 기괴함. 거기, 검은 지붕에 흰 담을 가진 아담한 집이 보였다. 옛날 식이었다.

"아리가또……"

인사를 하고 걸음을 옮겼다. 작은 언덕을 이루는 곳에 죽은 벚나무가 보였다. 그야말로 거대했다. 어쩌면 수백 년은 묵은 것만 같았는데, 가만 보니 아주 죽은 건 아니었다.

"……?"

기괴하게 뒤틀린 벚나무. 성인 대여섯 명이 팔을 벌려야 겨우 감쌀 것 같은 크기, 손을 대면 검정이 묻어날 것 같은 흉측한 색감, 하지만 정작 승우의 미간을 찡그리게 만든 건 푹 패인 가운데서 나는 혈취였다.

피 비린내…….

물기가 있었다. 손을 대 보았다. 붉었다.

설마…….

고사 직전의 나무가 피를 뿜는 건가?

고개를 갸웃거리며 시선을 옮겼다. 나무 발치 아래로 내려가는 작은 샘물이 보였다. 샘물이 실개천처럼 흐른다.

졸졸!

물줄기를 따라 눈을 돌리자, 논이 보였다. 집은 논 중심에 있었다. 신기하게도 우물 정(井) 형태로 가꿔진 논. 그 가운데에 집이 자리한 것이다. 승우는 벼 줄기를 하나 끊어냈다.

어쩌면 지푸라기 인형을 만든 그 볏짚일 수도 있는…….

때마침 바람이 승우 쪽으로 불러왔다.

"……!"

승우는 숨을 멈췄다. 바람에 아우성이 실려 있었다. 아우성은 벼에서 나왔다. 승우는 무릎을 굽히고 벼 이삭을 하나 뽑았다.

오, 마이 갓!

탄식이 저절로 나왔다.

승우 손 안의 벼…….

알알이 영글어 탱탱하게 살을 찌워가는 벼…….

그냥 벼가 아니었다. 벼 하나하나가 움직이고 있었다.

생물처럼.

다시 만져봐도 확실했다.

꿈틀!

그 감이 전해오는 것이다.

국과수 부검실에서 보았던 그… 살집 안에서 움직이던 육부적의 그것처럼.

꿈틀…….

아아!

척추가 멋대로 흔들렸다.

꿈틀.

벼가 살아 있다니. 살아서 움직이다니…….

물론, 벼는 살아 있다. 논에서 자라는 동안은 당연히 그랬다. 하지만, 그런 이야기가 아니었다. 벼알 하나하나가 움직이고 있는 것이다. 승우의 눈에는…….

그제야!

승우는 알았다.

이건 논이 아니었다. 벼가 아니었다. 벼의 모습을 한 요망한 작물. 알갱이로 이루어진 숨 쉬는 요괴……!

후웁!

승우는 작은 논 전체를 향해 영력을 뿜었다. 벼들은 일제히 숨을 죽였다. 영기는 아니지만 반응하는 것이다.

천천히. 천천히 돌아보았다.

고목처럼 버티고 선 벚나무, 그 아래에서 발원한 샘물.

승우는 두 손에 샘물을 담아보았다. 역시 느껴졌다. 뭔가 모를 간지러움…… 이 또한 보통 샘물은 아니었다.

촬랑촬랑촬랑!

신방울도 승우의 마음과 같았다. 안으로 굵직하게 울리는 방울 소리.

조금씩 물들어가는 검은색.

완전하게 외딴 곳.

보이는 건 바다와 저 위로 우뚝 솟은 구 해군사령부 참호…….

'어쩌면……'

미군의 진군 때 목숨을 버린 영령들의 혼물이 흘러나오는 걸까? 죽어서 진액이 되어, 그렇게라도 삶의 자유를 갈구하며 꿈틀거리는 걸까?

그날 본토에서는 미군과 맞서던 결전의 일본인들에게 전쟁의 패망을 코앞에 두고 기막힌 국민적 명령을 내렸다.

〈자결하거나 미군을 죽이거나!〉

한마디로 죽으라는 이야기였다. 오키나와의 순수한 사람들은 이 명령에 충실했다.

온 도서의 사람들이 몸으로 미군에의 저항에 나섰다. 일부는 마주앉아 면도날로 서로의 목을 그어 동반 자살을 했다. 할복을 할 일본도마저 전투에 제공했기 때문이었다.

그래도 미군은 상륙했다. 오키나와 원주민들의 희생은 이루 셀 수도 없었다. 오죽하면 당시 오키나와를 책임지고 있던 장군이 본토를 향해 '이들의 희생과 지원을 반드시 기억하고 보상하라'는 최후의 전언을 남겼을까?

벚나무…….

이는 볼수록 기괴하고 기괴했다.

일본의 나무로 불리는 벚나무……. 죽고 또 죽었던 것인지 검고 또 검었다. 손을 대면 부스스 묻어나온다. 그럼에도 불구하고 아주 죽지는 않았다. 딱 한 가닥……. 북쪽으로 난 줄기에 잎이 돋아 있었다.

기괴한 몸통으로 손을 번쩍 든 가지 하나. 보고 또 봐도 오싹하기만 했다.

신목…….

그게 바로 오키나와 신목이었다. 미군의 빗발치는 포화조차도 제 몸으로 끌어안은 나무. 그리하여 우물 정자 안의 신가(神家)를 수호한 나무…….

벼 두어 포기와 샘물, 그리고 나무 안의 핏물을 채집했다. 뒤따라올 나수미 편으로 국과수에 보낼 생각이었다.

그때!

언덕 너머에서 부릉 차 소리가 들렸다.

'웃!'

승우는 벚나무 뒤로 몸을 감췄다.

차였다. 낡은 소형 트럭은 몇십 년은 몰았는지 군데군데 헐어 있었다. 차는 아담한 마당에서 멈췄다. 사람이 내렸다. 밀짚모자를 벗었다.

신바였다.

60대 초반이지만 소박해 보이는 얼굴…… 거리가 멀어 한눈에 보이지는 않지만 분위기는 차분해 보였다. 그는 승우의 존재를 모르는 듯 낚시 걸망을 걸머지고 작은 논으로 걸어갔다. 낚시를 하고 오는 모양이었다.

후둑, 그물망 안에서 큰 고기가 버둥거렸다.

'후읍!'

승우가 영력을 뿜었다. 그를 파악하려는 의도를 담았다.

"……"

한숨이 나왔다. 그는 사람이었다. 그냥 사람.

마치 텅 빈 갈대 속을 들여다본 듯 휑하니 뚫려 있는 느낌……

"제가 다가가 볼까요?"

민민이 물었다.

"안 돼!"

승우가 단호하게 잘랐다.

아직은 알 수 없는 인간이다. 요괴스러운 벗나무와 샘물, 그리고 벼를 기르니 그 속을 가늠할 수 없었다. 그러니 민민을 혼자 보낼 수는 없었다.

퍽퍽!

집 뒤쪽에서 살을 찧는 소리가 새어 나왔다. 그런 다음 그가 다시 모습을 드러냈다. 손에는 호리병, 그리고 방금 전까지도 없던 약지에 감긴 붕대……

손을 베었나?

생각할 때,

스걱!

벼 앞에 선 그가 줄기를 훑어 내렸다. 몇 이삭을 그랬다. 그렇게 모은 벼 이삭을 검은 절구에 넣고 빻았다. 이어 사발에 담아 들더니 샘물 쪽으로 다가왔다.

신바는 그 샘물 앞에 신성하게 앉아 기도를 했다. 그런 다음, 호리병 속의 액체를 나무 중심에 부었다.

이어 정갈하게 웃옷을 벗고는 사발에 샘물을 담더니 훑어 온 벼를 적셨다.

그리고 벗나무를 쓰다듬으며 주문과 함께 벗나무의 껍질을 긁어 사발에 뿌렸다. 저만치 물러선 승우는 수풀 뒤에서 계속 지켜보고 있었다.

신바는, 사발을 들고 황혼 앞에 서더니 한입에 마셔 버렸다.

'선식이라도 되는 건가?'

요기어린 물과 벼를 먹는 신바……

그런데 정작 놀라운 일은 거기서 벌어졌다. 사발의 물과 벼를 삼킨 그가 숨을 몰아쉬자 살집이 움직이기 시작한 것이다.

꿈틀!

틀림없었다. 뒤돌아선 등짝과 팔, 목덜미… 어디든 움직임이 보였다.

쌀알이 신바의 몸 안에서 퍼지는 것이다. 앞에서 본다면, 얼굴과 눈동자 속에서도 움직일 것 같았다.

꿈틀……

꿈틀…….

*　　　　*　　　　*

그날 저녁, 비행기로 규리가 도착했다. 규리 옆에는 청풍댁이 있었다. 보호자 겸 규리를 돌보기 위해 함께 온 것이다. 인솔자는 나수미였다. 승우는 돌아가는 나수미 편에 수집물을 딸려 보냈다.

아침이 밝자 승우는 규리를 태우고 신바의 집으로 향했다.

신바는 논에 있었다. 어제처럼 벼알을 훑고 있었다.

"저 사람이야."

벚나무 뒤에서 승우가 말했다. 그새 신바는 경사진 길을 따라 해안으로 내려가기 시작했다. 승우는 길 쪽으로 나와 그를 지켜보았다. 바다로 내려간 그는 모래 위에 가부좌를 틀었다.

미리 준비한 망원경을 꺼내 살폈다. 윗옷을 벗었지만 살집은 움직이지 않았다.

"이게 그 샘물이에요?"

뒤쪽에서 규리가 물었다. 승우가 고개를 끄덕이자 부적을 꺼내는 규리. 그걸 샘물 위에 올려놓자 놀랍게도 부적 주변에 입김처럼 하얀 김이 서렸다.

"요기네요."

규리가 고개를 끄덕였다. 승우는 집 쪽으로 다가가 벼 몇 이삭을 뽑아왔다. 그걸 본 규리가 또 고개를 끄덕였다.

"저 벚나무가 요기의 발원지 같아요."

규리가 나무를 가리켰다. 날이 밝았음에도 검은 산처럼 보이는 괴목 벚나무. 홀로 살아남은 가지의 초록잎이 찰랑거리지만 꺼림칙하기 그지없었다.

규리의 말을 듣자 확신이 더 커졌다.

'경시청에 협조 공문을 보내서 체포해?'

잠시 고민하는 순간 핸드폰이 비리릭 진동을 울려왔다. 북부로 간 차도형이었다.

—검사님!

"말해."

―츠츠미 코타료, 신병 확보되었습니다. 히지 폭포 인근의 별장에서 치료차 머물고 있습니다.

"다른 사람은?"

―집사와 가정부, 간호사가 같이 상주하고… 주말에 아들 에이타가 다녀가는 눈치입니다.

"건강은?"

―나이에 비해 아직 짱짱한데요? 아주 건강하지는 않지만 지금도 폭포 주변을 산책하고 있습니다.

"오케이, 계속 감시하고 있도록!"

승우가 전화를 끊었다.

후르륵!

아침은 소바와 튀김으로 때웠다. 다행히 규리는 싫어하지 않았다.

"이제 제가 뭘 해야 해요?"

건더기만 홀랑 건져 먹은 규리가 물었다. 국물을 싫어하는 걸 보니 아이는 아이였다.

"뭐 하고 싶은데?"

"부적 쓸까요? 아까 그 요사한 밥나무들 기운 떨어지게요."

"밥나무?"

"헤헷, 그 걸로 밥을 하니까 밥나무죠 뭐."

'푸헐!'

"아니면 벚나무에 부적 하나 붙여요?"

"아니!"

승우가 고개를 저었다.

"그럼요?"

"아줌마하고 츄라우미 수족관에나 다녀와. 가이드 예약해 두었으니까."

"수족관요?"

"그래. 쉬면서 힘 비축… 알았지?"

"쳇, 세게 부려먹을 모양이군요?"

규리가 입술을 삐죽 내밀었다.

"어휴, 우리 애기선녀님은 못 속인다니까."

승우는 괜한 엄살로 장단을 맞춰주었다.

식사를 마친 승우, 북부로 길을 잡았다. 규리는 가는 길에 내려주면 되었다. 오키나와 관광객들에게 최고 인기를 누리는 수족관. 하지만 그런 걸 구경할 시간 따위는 없었다.

입구에서 가이드를 만난 승우는 규리와 청풍댁을 내려주었다.

"민민, 나중에 봐! 내가 잘 보고 얘기해 줄게."

규리가 손을 흔들어주었다.

북으로 가는 길은 한적했다.

"민민……."

승우, 창을 내다보는 민민을 불렀다.

"네?"

"규리랑 같이 있고 싶지?"

"……."

"미안……."

"괜찮아요."

민민이 웃었다. 어른스러운 표정. 승우는 미안하면서도 민민이 대견했다.

"어떻게 할까?"

주의를 돌릴 겸 민민에게 물었다.

"저는 잘 모르겠어요. 그동안 보던 악령에 비해 생소한 것들이라……."

"그렇지?"

"아저씨 생각은요?"

"국과수에서 통보가 오면 끝장을 봐야지. 그런데 사실… 통보가 오기 전에도 끝장을 볼 수 있는 방법을 찾았어."

"어떻게요?"

"지금 중요한 게 관계거든. 저 신바가 코타료 가문과 계약 관계인가 아닌가……."

"같은 편을 맺는 거요?"

"그렇지. 같은 편……."

"그걸 어떻게 찾았는데요?"

"아직은 아닌데 이제 곧 될 거야. 바로 이거!"

승우가 부적을 꺼내놓았다. 속파만신 양은숙에게서 가져온 그것이었다. 신력이 탱탱한 부적, 한국 무속인의 긍지를 고스란히 새긴 그 부적……

"아하!"

민민도 고개를 끄덕였다. 승우와 마음이 통하는 것이다.

같은 편.

그걸 확인하면 코타료 가문이 신바를 통해 살인 사주를 했다는 단서가 될 수 있었다. 그러자면 속파만신의 부적이 제격이었다. 제대로 효험이 있기만 한다면 말이다.

승우는 의심하지 않았다.

뱅이굿 하나를 해도 바른 길을 따랐다는 양은숙이었다. 피맺힌 한을 담고 사는 위안부 고재분을 위해 늙은 혼을 불태운 그녀였다. 그러니 어찌 의심할 것인가?

늘그막에 신통력이 빠져 위력이 떨어질 수는 있겠지만 승우가 의도하는 정도는 충분히 해낼 것으로 믿었다.

와아앙!

마음이 급해진 승우는 페달을 더 힘차게 밟았다. 한적한 오키나와 곳곳의 묘지들이 줄 지어 밀려갔다. 뒤로, 또 뒤로……

*　　　*　　　*

콰아아아

히지 폭포의 노래는 컸다. 주변으로 펼쳐진 녹음은 푸르게 뻗어나갔다. 가히 명당이 아닐 수 없었다.

"검사님!"

약속 장소에서 만난 석 반장이 승우를 반겼다.

"차 수사관은요?"

"별장 감시 중입죠."

"고생이 많으시네요."

"고생은요? 검사님 덕분에 국제수사를 다 해보는군입쇼. 출세한 겁죠."

"별장은 머나요?"

"웬걸입쇼. 저 나무 너머로 가보십죠."

석 반장이 야트막한 언덕을 가리켰다. 몇 발을 옮기자, 별장이 한눈에 내려다보였다. 햇살 속에 반짝이는 작은 연못과 정원 잔디가 압권인 곳이었다.

'대나무……'

승우는 그것부터 확인했다. 차도형의 연락을 받았던 것이다.

있었다. 별장 뒤편으로 펼쳐지는 대나무 숲.

끄덕, 안도가 되었다.

"코타료는 방금 전까지 정원에 나와 있다가 들어갔습죠."

"그렇군요."

나무 사이에서 별장을 주시했다. 툭 터진 길을 따라 먼 바다가 보였다. 포근한 작은 성이 아닐 수 없었다.

"뭐 지시사항 없습니깝쇼? 이거 몸이 다 근질거려서리……."

석 반장이 물었다.

"그럼 여기서 망이나 잘 봐주시죠."

승우는 혼자 언덕을 넘었다. 석 반장이 뭐라고 말했지만 들리지 않았다.

바스락!

나뭇잎 밟는 소리가 들리자 차도형이 돌아보았다.

"검사님!"

"쉿!"

"언제 오신 겁니까?"

"지금……."

승우는 차도형의 낮은 소리에 맞춰 속삭였다.

"조사는?"

"대충 알아봤는데… 동네가 멉니다. 저 아래 도로변에 마트가 있는데 여기 사람들을 잘 모르더군요. 이 별장이 굉장한 부자의 거라는 거 외엔……."

"지은 죄가 많으니 비밀로 했나 보지."

"어쩌실 겁니까?"

"혹시 저주 굿이라고 알아?"

"예, 사극에서……."

"우리도 그거 한번 해보자고."

승우가 낡은 대나무 한 마디를 꺼내며 웃었다. 안에는 부적이 들었다. 하지만 그냥 보면 쓸모없이 꺾인 대나무 마디에 불과했다.

"검사님!"

차도형은 울상이다. 먼 나라 일본, 그것도 모자라 바다로 둘러싸인 오키나와까지 와서 저주 굿이라니⋯⋯.

"농담이니 가서 쉬어. 여긴 내가 맡을 테니까."

승우는 차도형과 교대했다.

그런 다음 한적한 뒷길을 따라 돌았다. 정원 저편에 중년의 여자가 보였다. 반찬거리를 다듬는 걸 보니 식사를 맡은 가정부로 보였다. 승우는 대나무 숲을 향해 준비한 걸 던졌다. 울창한 나뭇잎에 걸린 대나무 마디는 그냥 대나무의 일부로 보였다.

'이제 시간이 지나기만 기다리면 될 일⋯⋯.'

서편으로 해가 기울고 있었다.

오키나와에도 밤은 여지없이 찾아왔다. 빼곡한 밤이 그물망처럼 촘촘히 내리자 승우가 기다리던 비명이 새어 나왔다.

"까악, 집사님!"

속파만신⋯⋯.

비명 소리를 들으며 승우는 속파만신을 떠올렸다. 그녀의 혼을 다한 부적이 작동을 시작했다. 부적의 시간이 돌아온 것이다.

"회장님, 회장님!"

집사의 통화 소리가 어둠을 타고 번져 갔다.

'중부에서 여기까지 2시간이면 넉넉……'

승우는 소란을 뒤로 하고 석 반장 팀과 합류했다.

"드세요, 먹을 만합니다."

차도형이 조밥 세트를 내밀었다. 마트에서 산 거라는데 비주얼이 괜찮았다. 가격도 착하고 맛도 좋았다.

'나쁜 놈 벌주러 왔다고 이 나라 음식까지 외면할 필요는 없지.'

승우는 천천히 음식을 즐겼다. 가장 예쁜 새우초밥은 민민 몫으로 떼어놓은 채……

얼마나 지났을까?

"아저씨!"

귓전에 맴돌던 민민이 가만히 속삭였다.

부웅!

멀리서 차 소리가 들려왔다.

덜컹!

낡은 차는 몇 번이고 불편한 소리를 냈다. 승우는 정원이 보이는 곳으로 자리를 옮겼다.

쌔애에! 쌔애에!

밤벌레가 극성을 떠는 사이에, 정원에 낯익은 차가 들어섰다. 차에서 내린 사람은……

'신바……'

그였다.

요기 어린 벼를 먹고, 요망한 벗나무가 녹여내는 샘물을 먹고 사는 기이한 인간……. 그 신바가 낡은 트럭에서 내리고 있었다.

'기다리고 있었다!'

승우, 비로소 긴장을 풀며 주먹을 불끈 쥐었다.

4장

한국 무속 vs 일본 무속

국과수와 대검 분석실 쪽에서 결과가 날아왔다.

샘플 볏짚—지푸라기 인형과 같은 것으로 판명.
붉은 수액—주성분, 물고기 혈액, 기타 사람 혈액 소량 함유.
샘물—대조액과 반응해 분석 불가.

샘물 분석에는 자그마치 300여 계열의 대조액을 썼단다. 하지만 어떻게든 반응액이나 대조액을 태우거나 오염시켜 버렸다. 결국 두 기관의 분석실이 공히 손을 들어버렸다.

신물……

승우는 알 것 같았다. 신목이 만들어낸 불가사의한 수액. 그건 어쩌면, 지상에 존재하되 지상의 물질이 아니었다. 그렇기에 인간의 분석을 불허하는 것이다.

그나마 수액의 수수께끼는 풀렸다. 상식적으로 보면 죽어가는 벚나무, 어쩌면 그걸 살리기 위해 영양제로써 물고기 피를 부어주는 모양이었다.

핸드폰을 확인하고 계속 별장을 살폈다. 이제는 희미한 실루엣도 보이지 않았다. 신바가 도착한 후에 안방의 불이 꺼진 것이다. 새어 나오는 건 작은 신음뿐이었다.

집사와 가정부는 정원에 나와 있었다. 안절부절못하는 꼴을 보니 안쪽 사정이 이해가 되었다.

'그렇다면……'

승우는 자리를 털고 일어섰다.

이제 마지막 결전이 남은 셈이었다.

"우어어!"

별장 안방의 풍경은 어둠에 싸여 있었다. 그 안을 지키는 건 신바였다. 침대 위에서는 연신 기괴한 신음이 내려왔다. 코타료의 몸은 괴상한 경련을 거듭했다.

신바는 두 번째 사력을 다했다. 동서남북에 벚나무의 신수(神水)를 뿌리고 코타료의 사지 말단에도 신수를 뿌렸다. 그런 다음 가져온 신미(神米)를 입안에 넣었다.

"호이추!"

주문과 함께 신미들이 꿈틀, 목을 타고 넘어갔다.

쏴아아!

벽 너머에서 대나무 울음이 들려왔다. 신미도 코타료의 몸 안에서 그런 소리를 냈다. 이어 말단까지 빠르게 녹아들었다.

"……!"

신바는 이마에 송글 맺힌 땀을 닦아냈다. 등골이 서늘했다.

이럴 수가!

신바는 소리도 없이 말했다.

있을 수 없는 일이었다. 한국 무속인들의 저주를 깨뜨린 신바였다. 나아가, 그들의 나라까지 날아가 남은 후환을 없앤 것은 물론, 향후에 위험이 될 수도 있는 주주만신까지 제거한 터였다.

그런데…….

평화가 찾아든 별장에 다시 저주의 그늘이 드리우다니…다시 그 기운이 느껴지다니…….

"우어업!"

분노가 치솟은 그가 코타료를 감싼 신력을 향해 분노를 터뜨렸다.

"으어어!"

코타료의 고통은 가시지 않았다.

'대체……'

혼자 생각하고는, 신바는 고개를 저었다. 속파만신은 죽었다. 그건 에이타 회장이 몇 번이나 확인해 준 일이었다.

그러나 현실이 문제였다. 죽은 속파만신이 다시 뱅이굿의 저주나 부적으로 장난을 할 리는 만무하다. 그럼에도 불구하고, 코타료를 압박하는 저 저주를 어떻게 해석한단 말인가?

"법사님!"

당혹스러운 상상이 이어질 때 집사가 기척을 냈다.

"무슨 일이오?"

신바가 거실로 나왔다.

"회장님이……."

집사가 전화를 내밀었다. 신바는 창가로 가서 전화를 받았다.

—무슨 일인가?

묻는 에이타의 목소리가 떨리고 있었다. 집사가 이미 보고를 마친 모양이었다.

"최선을 다하고 있습니다."

—설마 그들이 부활?

"그건 아닐 겁니다. 제아무리 한국 무속이 강하다고 해도 죽은 다음에는 저주를 퍼부을 수 없습니다."

—하지만 한국인들의 한은…….

"여러 가능성을 두고 해결해 보겠습니다."

—재판은 별 걱정 않지만 아버님이 그러시니 아침 첫 비행기로 갈 것이네. 부탁하네.

"예……."

신바는 전화를 끊었다. 에이타 회장의 우려는 먼 곳에 있지 않았다.

'한국인의 한…….'

어두운 정원을 보며 신바는 생각에 잠겼다. 은둔하던 그가 에이타 회장과 만난 건 오래되지 않았다. 속파만신의 저주로 사위어가던 코타료. 제 아버지의 목숨이 말라가는 걸 본 에이타는 이에는 이로 맞설 생각을 가졌다.

그는 일본 각지에서 무속인을 수배했다. 온갖 무속인들이 그를 찾아왔다. 하지만, 쓸 만한 사람은 없었다. 그러다 신바의 소문을 들었다. 에이타는 즉시 신바를 찾아갔다.

당시 신바는 난감한 문제에 봉착해 있었다. 벗나무와 샘물 문제였다. 원래 이 해안가는 임자가 없던 땅. 따라서 몇 대를 이어 신바의 가문이 수련하던 장소였다. 그런데 한 실력자가 정부에서 땅을 불하를 받았다. 측량을 하니 벗나무와 샘물까지 그의 소유에 속했다.

"흉하군."

실력자는 기괴한 벗나무를 좋아하지 않았다. 오줌발처럼 흐르는 샘물도 마찬가지였다. 그는 그걸 밀어버리고 아담한 리조트를 만들 생각이었다.

자기 생명과도 같은 신목 벗나무, 그리고 그 호흡으로 창조되는 샘물……. 그것들이 없다면 요기의 벼도 사라질 판. 그렇게 되면 600년을 지켜오던 육부적과 술법의 맥이 끊길 위기였다.

육부적⋯⋯.

그걸 쓰려면, 요기의 벚나무가 흘린 눈물이 필요했다. 눈물이 샘을 이룬 물로 키운 벼가 필요했다. 신바의 혈족은 오직 신미만을 먹었다. 갓난아기일 때는 젖대신 샘물을 먹고, 조금 자라면 신미로 죽을 만들어 먹었다. 그 이후는 오직 신미만이 주식이었다. 그렇지 않으면 피가 말라 죽는 가문이었다. 그렇기에 신바, 그 일대의 땅을 사주는 조건으로 에이타의 청을 받아들였다.

하지만 생각처럼 간단치 않았다. 늙은 코타료에게 걸린 저주는 그 바닥이 깊고 끈질겼다. 어찌어찌 저주를 막고 부적을 찾아 근원을 없애면 어느새 또 연결이 되었다.

'원인 제거가 필요합니다!'

수비가 아니라 공격.

신바가 에이타에게 말했다. 에이타는 피 묻히기를 원치 않았다. 결국 최종 실행은 신바에게 넘겨졌다.

야비한 에이타, 신바의 땅에 저당을 걸어두었던 것이다. 그 저당은 마땅히, 코타료를 둘러싼 저주가 완전히 사라져야만 해제할 생각이었다.

신바는 별수 없이 한국 원정길에 올랐다.

일단 질긴 인연부터 정리했다. 고재분에게 저주를 내려 목숨을 취할 생각이었다. 어렵지도 않았다. 신미의 짚단은 요기를 머금고 있었다. 신바는 고재분이 택한 것과 같은 방법으로 응수해 주었다. 한국의 뱅이굿처럼······.

늙은 고재분에게 오래지 않아 효험이 왔고, 그녀는 쓰러졌다.

다음은 속파만신 양은숙.

그녀는 육부적과 저주 두 가지를 병행했다. 늙어도 심지 굵은 무당이었던 양은숙. 신분을 감춘 신바를 놓아 무속인으로 알고 맞이하는 우를 범하고 말았다. 오직 늙고 사심이 없는 탓이었다.

굉장한 부적을 만들었다는 신바의 말에, 양은숙은 제 팔을 내주었다. 확인하고 싶었다. 늙었지만 그녀는 여전히 무속인이었던 것이다.

신바는 그 팔에 육부적을 써주고 인형도 장롱 아래에 쑤셔 넣었다. 육부적은 복을 기원한다는 말과 달리 죽음을 부르는 부적이었다. 그날부터 육부적은 그녀의 몸을 기어 다니며 생명을 갈아먹었다. 부적의 정체를 알았을 때는 이미 늦은 후였다.

주주만신으로 불리는 주성희는 운이 없었다. 하필이면 오키나와까지 와서 지역 무속인들을 만나며 능력을 떨치고 다닌 것.

어느 날 그녀를 만난 신바, 역시 그 팔에 육부적을 써주었다. 이제 막 기도를 완성하고 세상 구경을 나선 주주만신. 세상 겁날 것 없던 그녀는 무속의 눈을 넓히려다 생을 마감했다. 그 또한 그녀의 능력이 속파만신에 버금갈 정도였기 때문이었다.

후환 방지!

신바의 선택이었다.

이후로는 모든 게 안정되었다. 코타료의 건강은 눈에 띄게 좋아졌고, 머잖아 에이타의 저당권도 말소될 예정이었다.

그런데!

느닷없이 재발된 저주…….

전보다 더욱 강력한 저주…….

'또 다른 무속인이 들어온 것…….'

결론이 나왔다. 그렇지 않다면 속파만신의 부활인데, 그건 믿을 수 없었다.

지긋지긋했다. 한국은 이제 무속 사양길로 접어든 줄 알았던 신바. 거목 속파만신과 신예 주주만신에게 육부적을 안김으로써 다 끝난 줄 알았던 일……. 그런데 또 이런 실력자가 있다니…….

그때였다.

"법사님!"

다시 집사가 신바를 불렀다. 이번에는 신바가 거실에 내려 둔 전화를 내밀고 있었다. 모르는 번호였다.

"모시모시!"

전화를 받는 순간, 신바는 오싹한 전율의 포로가 되었다.

"무슨 일입니까?"

뭔가 이상한 낌새를 차린 집사가 물었다.

"집에 좀 다녀와야겠소."

신바는 그 길로 트럭에 올랐다.

"안 됩니다. 어르신이 저리 위중하신데……."

"치료를 위해서 가는 거요."

"……?"

"시간이 없으니 비키시오."

신바가 낡은 차에 시동을 걸었다. 그 눈빛이 너무 단단하므로 집사는 길을 내줄 수밖에 없었다.

바아앙!

신바는 미친 듯이 속도를 올렸다. 뒤를 따라오는 코타료의 신음 따위는 중요치 않았다.

'대체…….'

신바는 고개를 저었다. 느낌이 전과 달랐다. 아주 달랐다. 어쩌면 제대로 한 판 붙어야 할 것 같았다.

끼이익!

미친 듯이 집으로 돌아온 신바가 마당에서 내렸다. 저만치에 보이는 신목 벚나무, 그리고 마당 앞에 펼쳐진 요기의 신미.

신바는 그것들을 돌아볼 생각도 없이 방문을 열었다. 불을 밝혔다.

"……!"

신바의 눈이 휘둥그레졌다. 방 안에 태연히 앉아 있는 꼬마가 보였다.

규리였다.

그 옆에 한 남자가 있었다.

승우였다.

규리와 승우의 눈빛이 신바에게 향했다. 세 사람의 눈이 허공에서 만났다. 신바에게 전화를 건 건 승우였다. 그때부터 기다리고 있었던 것이다.

"당신들……."

신바의 입이 열렸다. 비장함이 깃든 소리였다.

"한국에서 온 송승우 검사요!"

승우 역시 묵직하게 받아쳤다. 신바의 눈매가 움찔 경련하는 게 보였다. 신바가 방문을 돌아보았다. 마당에 기척이 들린 것이다. 기척의 주인공은 석 반장과 차도형이었다. 이리 되면 퇴로도 막혔다.

"왜 왔는지는 아시겠지?"

승우의 눈이 불꽃을 뿜었다.

신바의 방 안은 텅 빔 그 자체였다. 검은 벚나무를 잘라 만든 발과 주렴들, 목기와 목침 등을 제외하면 바닥과 벽뿐이었다.

다만!

창가에 자리한 붓과 벼루는 예외였다. 붓의 털은… 사람의 머리카락이었다.

"나를 체포하러 온 거요?"

신바, 선채로 승우에게 되물었다.

"아니!"

승우가 고개를 저었다. 신바의 이마에 선뜻함이 스쳐 갔다. 한국의 검사, 그러나 체포하러 온 게 아니라니…….

"그럼 마당 사람들은 돌려보내시오. 내 집이 답답해 하니……."

신바가 책상다리를 하고 앉았다.

"차 수사관!"

승우가 한 마디를 날리자 차도형과 석 반장은 모습을 감췄다.

"체포가 아니다?"

혼자 중얼거리는 신바. 머릿속이 복잡한 모양이었다.

"당신이 한 일을 알고 있소. 육부적과 인형……."

승우가 지푸라기 인형을 꺼내 보였다.

"대단하시군. 당신, 검사가 맞소?"

"물론!"

"기이하군. 신력을 받은 검사라……."

신바는 승우의 정체를 간파하고 있었다. 승우는 피식 웃어
넘겼다. 짐작하던 일이었다. 육부적을 쓰고, 저주로 사람 목숨
을 자를 정도라면 당연히 그리고도 남아야 했다.

"이곳에 수백 년을 사셨다고?"

"……."

"먼 옛날에는 마을 사람들의 존경을 한 몸에 받으며 질병을
고쳐 주셨다고……."

"……."

"육부적으로 몸속의 병을 갉아먹는다면… 그럴 수도 있었
겠군."

"목적을 말하시게."

"이 집터 말이오… 논을 사이에 두고 흡사 우물 정(井) 자처
럼 자리를 잡았더군."

"……."

"동서남북의 요기를 받는 것인가?"

"목적이나……."

신바의 입에서 다시 쉰소리가 새어 나왔다.

짤랑!

승우는 신바 앞에 신방울을 던져 놓았다. 신방울은 바닥에
떨어져서도 울림을 냈다. 절반쯤 검은색으로 변한 채…….

"신통력이 깃든 방울이야."

"……."

"사악한 요물들 앞에서는 검게, 그렇지 않으면 흰색으로 변하지. 당신은 그 절반이야. 첫 육부적도 그렇더군."

"……."

"그래서 알았지. 당신이 영 나쁜 인간은 아니라는 걸……."

"목적……."

"그러나 당신은 살인을 했어. 자그마치 두 사람이나. 그리고 한 명은 죽기 일보 직전……."

"……."

"벚나무를 살리려고 무진 애를 쓰더군. 나무 가운데의 붉은 물……. 처음에는 그게 무슨 신수의 발원인 줄 알았어."

"……."

"하지만 분석해 보니 물고기 피가 주성분이더군. 나무를 살리기 위해 피를 바치는 거였나?"

"목적!"

듣고 있던 신바, 바닥을 후려치며 주의를 상기시켰다. 그 목과 눈 또한 더 할 수 없이 고조되어 보였다.

"대결!"

승우, 한 마디로 대답했다.

"대결?"

신바가 파뜩 고개를 들었다.

"하긴 대결은 이미 시작되었지. 당신이 모시는 가신으로 받

드는 에이타 회장의 부친 코타료를 둘러싼 당신과 한국 무속
인의 부적 대결……."

"……."

"당신은 끼어들지 말아야 할 싸움에 끼어들었어."

"……."

"아무튼 일단은 당신이 유리했지. 느닷없이 끼어든 탓에 한
국 쪽에서 무방비로 당한 셈이니까."

"……."

"좀 치사했다고 생각하지 않나? 신을 받드는 사람으로써?"

"미안하지만 내 신은 당신이 생각하는 신과 달라."

침묵하던 신바가 응수를 해왔다.

"다르다?"

"당신들 신은 온갖 잡신이겠지만 내 신은 오롯이 우리 조상
님들과 나 자신이니까."

"조상님과 당신 자신?"

"그래."

"그럼… 물고기 피에 섞여 있던 사람의 피가……. 실수로 찔
려 들어간 게 아니라?"

승우의 머리에 불덩이가 스쳐 갔다.

국과수에서 날아온 분석표에는 물고기 혈액에 섞인 소량의
사람 피가 나왔다. 그건 신바의 피만이 아니었다. 다른 피의
흔적까지 있었던 것이다. 놀라운 건 피의 유전자가 직계의 것

이라는 것. 그러니까 대를 이어 하는 행위라는 뜻이었다.

그 피는 실수가 아니라 나무에게 바치는 생명수. 나무와 벼, 신바는 서로의 목숨을 내주며 공존한다는 의미였다.

"좋아, 무엇을 받들 건, 무엇을 섭생하든 내가 관여할 일은 아니지."

승우는 웃음으로 뒷말을 이었다.

"아무튼 당신은 남의 끼어들어 판의 중심을 무너뜨렸어. 두 사람이 맞선 오랜 구원을……."

"보이지 않는 힘을 빌린 건 한국 측이 먼저야."

신바가 눈빛을 튕겨냈다.

"그럴 수도 있겠군."

고개를 끄덕이는 승우.

"어떤 대결을 원하는가?"

"일본의 무속과 한국의 무속!"

"어떻게?"

"여긴 당신의 터전이니 홈그라운드의 이점을 인정해 주지. 당신은 당신이 자랑하는 육부적으로 공격하고 우리는 한국의 무속으로 방어하고… 어때?"

"설마 이 꼬마하고는 아니겠지?"

신바의 시선이 규리에게 돌아갔다.

"꼬마가 아니고 애기선녀!"

승우는 불꽃을 뿜으며 쐐기를 박았다.

"당신을 박살 낼 한국대표 무속인이야!"

모르니?

작은 고추가 맵다는 거?

*   *   *

애기선녀 규리 vs 육부적 복술가 신바!

누가 봐도 그림은 되지 않았다. 동시에 그 옆에서 퉁퉁 신력을 튕겨내며 위세를 떨치는 승우. 신바는 상황을 걷잡을 수 없었다.

코타료의 별장에는 전과 달리 팽팽한 신력이 깃든 주술이 힘을 발하고 있고, 자신의 터전까지 침범한 한국에서 온 검사. 그리고 그가 데려온 다섯 살 코흘리개⋯⋯.

푸훗!

신바의 입에서 냉소가 터져 나왔다. 승우가 기다리던 그 비웃음이었다.

당신이라면 어쩔 것인가?

승우의 제의를 액면 그대로 받아들일 것인가? 다섯 살 꼬마와 대결(?)이라는 걸 펼칠 것인가?

"당신이라면 받아들이지!"

신바가 방향을 틀었다.

승우 vs 신바!

이건 좀 그림이 되었다.

"후회할 텐데?"

승우가 넌지시 자극했다.

"후회란 어떻게 살아도 남더군."

응수해 오는 신바…….

"조건이 있겠지?"

신바가 고개를 들었다.

"물론, 그냥 하면 재미없잖아?"

"말해보시게."

"당신이 이기면 코타료에게 걸어둔 저주의 주술을 풀어주고 떠나겠어."

"누가 그걸 푸나? 당신? 아니면 이 꼬마?"

"우리 둘 다 가능해."

"……"

신바의 눈빛이 출렁거렸다. 둘 다라는 말은 뜻밖인 모양이었다.

"그럼 시작하지."

신바가 말했다.

"내가 이기는 경우가 남았어."

"그런 건 필요 없어. 당신이 이기는 경우는 없을 테니까."

"자신만만하시군?"

"당신이 운이 없는 거지. 검사쯤 되는 사람이 뭣하러 이런 일에 끼어들었단 말인가?"

"정의를 위해서!"

"정의?"

"당신들 일본의 두 얼굴… 양파처럼 감추고 감추는 진실을 벗겨내고 싶어서야."

"그래봤자 다 지난 일, 당신 일도 아니었어."

"일본인은 그렇게 생각할지 모르지만 우리는 아니야. 위안부 문제는 끝나지 않았어. 진행형이야."

"헛수고라네! 소송도 세월도 신력도 당신들 편이 아니야."

"그건 두고 보면 알 일……."

"오케이, 현직 검사라니 죽일 수는 없고 영원히 무의식으로 살아가게 될 거야. 그러니 죽은 사람 소원 들어주는 셈 치지."

들어는 주마, 네 옵션…….

신바의 눈이 그렇게 말했다.

"내가 이기면… 법정에 증인으로 서줘야겠어."

승우의 옵션이 입술을 타고 나왔다.

"또?"

"그뿐이야. 거기서 코타료의 아들 에이타가 당신에게 어떤 오더를 내린 건지만 말해주면 돼."

"당신이 이기면, 내가 죽는군."

신바가 웃었다.

"아마!"

승우가 추임새를 넣었다.

신바가 법정에 서면, 그리하여 에이타의 살인교사를 밝히면, 당연히 신바의 벚나무는 사라질 것이다.

그의 샘물도 불도저나 굴삭기에 의해 파헤쳐질 일. 나아가 그도 한국 측으로 범죄인 인도가 될 일.

"하지만 그럴 일은 없으니 앰뷸런스나 준비하도록 하시게."

"먼저 맹세를……."

"맹세?"

"그래. 당신이 숭배하는 저 벚나무, 그리고 샘물과 벼를 걸고 말이야."

승우는 굳은 시선으로 신바를 닦아세웠다. 오랜 수련이 몸에 배인 사람. 그런 사람이라면 신의가 있을 수 있었다. 하지만 여기는 일본 땅. 혹시라도 변심하여 법정에서 입을 다물면……. 승우의 마지막 화룡점정이 망가질 판이었다.

"내 조상들에 이어 신밥을 먹은 지 600여 년……."

신바의 입이 나직하게 열렸다.

"그동안 본토에서 숱한 술법사들이 찾아와 자웅을 겨뤘지만 신목에서 비롯된 육부적의 힘을 이긴 사람은 없었네."

"……."

"그러니 사실은 내가 당신에게 기회를 줄 차례지."

"기회라?"

"지금이라도 조용히 한국으로 돌아가시게. 이 대결은 당신에게 승산이 없으니…….”

“육부적이 그렇게 강력한가?”

“혜안인 줄 알았더니 눈 껍질만 번듯한 모양이군. 이 집터
는 우물 정자. 이 네모난 가운데에서 육부적을 받으면 신도
그 힘에 무릎을 꿇는다네.”

“피라밋의 삼각형에 깃드는 신성함처럼?”

“아마!”

“…….”

“그래도 강행하시겠나?”

“맹세나 하시지!”

승우는 천천히 셔츠의 단추를 열었다.

“그렇다면 맹세하네. 내 조상과 신성한 벚나무에 걸고, 내
가 패하면 당신 일에 협조한다고.”

두 사람…….

허공에서 마주친 눈에서 불똥이 튀었다.

운명……. 운명이 둘을 이 자리에 붙여놓았다. 두 사람을
이 자리에 세운 일……. 어찌 보면 해묵은 해원도, 개인적 원
한도 아니지만, 달리 보면 두 국가에 파문이 되고도 남을 일이
었다.

“꼬마는 나가 있도록!”

신바가 규리를 바라보았다.

“아저씨…….”

규리의 시선이 승우를 향했다.

"나 믿지?"

승우가 물었다. 규리는 꼭 다문 입술로 고개를 끄덕였다.

"그럼 이거 부탁해."

승우는 셔츠를 규리 품에 안겨주었다. 그녀가 문을 향해 돌아설 때였다. 신바의 말이 한 번 더 이어졌다.

"거기 또 다른 꼬마도!"

"......!"

그 말에, 승우와 규리의 숨이 멈췄다. 신바는 민민도 보고 있는 모양이었다.

"민민도 나가 놀아야겠다."

승우가 손목을 바라보았다. 상황을 다 읽고 있던 민민, 사뿐 날아올라 규리 곁으로 옮겨갔다. 신바는 문을 열어주었다. 규리가 나가자, 그 자신도 호리박을 들고 마당으로 나왔다.

북녘을 향해 절을 올린 그, 벚나무로 가서 껍질을 긁더니 샘물을 담았다. 그런 다음 마당으로 돌아오며 벼를 한 줌 훑어 내렸다.

신바!

낡은 마루 아래의 섬돌에 서서 규리와 민민을 바라보았다.

탁!

낡은 문이 닫혔다. 그러자······.

휘이잉!

벼들이 음산한 신음을 내기 시작했다. 벚나무에서도 검은 기운이 하늘로 뻗쳐올랐다.

"민민……."

규리가 마당을 가리켰다. 마당 여기저기서 검은 기운이 터져 나오고 있었다.

"이것들이 반칙을 쓰고 있어. 자기 주인을 돕고 있는 거야."

"아저씨……."

규리가 말하자 민민의 눈이 문으로 향했다.

"고작 그거야?"

규리가 민민을 다그쳤다.

"그럼 뭐?"

"우리도 아저씨를 도와야지."

"우리도?"

"이거… 아저씨가 나가면 너 주라고 했어."

규리가 내민 건 흰 코끼리 나타였다.

"뭐든지 해. 특히 너는 그래야 하잖아."

규리가 부적을 꺼냈다. 그걸 좌우에 눌러둔 규리, 바로 강신을 시도하기 시작했다. 민민 역시 규리의 말을 잘 알고 있었다.

승우가 지면, 그래서 치명상이라도 입으면 민민 또한 그 여파를 받을 일이었다. 그러고 보니 3 대 3이었다.

승우+민민+규리!

신바+신목(神木)+신미(神米)!

"나타!"

규리의 주변이 아롱질 때 민민도 허공으로 날아올랐다. 민민이 허공에 흰 빛을 뿌리자 벚나무의 검은 연기가 더욱 기승을 부렸다. 그들도 반응을 한다. 피할 수 없는 한판 승부였다.

*　　　*　　　*

효이호이!

아련한 울림, 기묘한 울림이 신바의 집 주변에 떠돌았다.

하늘의 민민, 땅의 규리…….

악령의 몰아내는 신력이 한 점에서 만나 검은 연기와 맞섰다. 커다랗게 치솟은 민민과 규리의 기둥은 은빛을 튕겨냈다.

'민민…….'

'규리야…….'

어린 두 눈에는 소망이 빼곡했다. 그 소망은 오롯이 승우에게 향하고 있었다. 민민과 규리의 신력이 만만치 않자 검은 연기가 헐렁하게 내려앉기 시작했다.

'후우!'

한숨을 돌린 게 실책이었다.

"규리야!"

이상한 느낌에 뒤돌아본 민민, 하늘이 찢어져라 소리를 질렀다.

"……!"

규리의 시선도 완전하게 굳어버렸다. 하늘로 올라갔던 검은 연기가 거꾸로 내리꽂히고 있었다. 그것들은 가까워지면서 글자를 이루었다. 수천만의 글자는 모두 같았다.

死!

죽을 사였다.

호이효이!

기괴한 울림은 집 안에도 있었다. 아니, 어쩌면 집 안이 출발점인지도 몰랐다. 신바의 손에는 붓이 들렸다. 신기한 신물이었다. 텅 빈 듯 보이는 벼루 안. 그러나 어찌 찍으면 검은색이 묻어나고 또 어찌 찍으면 붉은색이 묻어났다.

부적……

그는 부적을 쓰고 있었다. 일본식 부적이자 오키나와식 부적……. 다른 것은 재료였다. 그의 부적에는 경면주사도 용뇌 가루도 참기름도 없었다. 대신 벚나무 요수와 그 요수가 깃든 샘물, 그 샘물을 먹고 자란 쌀가루가 들어갔다.

그러나!

그 또한 신인일체였다. 붓과 벼루와 손. 완전하게 혼연일체를 이룬 그는 흡사 하나의 벗나무 가지처럼 보이기도 했다.

그랬다.

그는 숨쉬지 않았다. 온몸을 벗나무처럼 세워놓고 손목만 움직이고 있었다. 마치, 밖의 벗나무에 삐죽 솟은 한 가지, 그 한 가지가 바람에 흐적이듯…….

마침내, 육부적을 쓸 먹물이 완성되었다. 신바는 그걸 한 점 찍어 들어올렸다. 그런 다음 자신의 손목 위에 떨어뜨렸다.

호이요이!

요사한 울림이 났다. 휘파람 소리 같기도 하고 바람이 뒤틀리는 소리 같기도 한…….

꿈틀!

손목 위에서 움직임이 보였다. 너무나 투명해서 촉으로만 느껴지는 꿈틀……. 두어 번 움직이더니 꿈틀은 바닥으로 내려왔다.

꿈틀!

그것들이 분열하기 시작했다. 둘이 넷이 되더니 여덟이 되고 열여섯이 되었다. 이어, 가부좌를 튼 승우를 향해 다가왔다.

'시작인가?'

승우는 집중했다.

육부적…….

목숨을 건 대결이지만 육부적에 대한 호기심 또한 참을 수 없었던 것이다.

스륵!

다행히, 그것들은 승우의 몸에 닿자마자 사라졌다. 완전하게……

"준비는 끝났소."

신바가 시작을 알렸다.

"그럼 시작하시오."

승우가 응수했다.

"아이들이 애를 쓰는군."

붓을 집어든 신바가 중얼거렸다.

"그만한 이유가 있겠지."

"아무튼 미안하게 되었소."

신바의 말과 함께 첫 붓 끝이 승우의 팔뚝에 닿았다. 신바는, 무념무상의 표정으로 획을 그었다.

'치……'

致였다.

이어 두 번째 글자가 그려졌다.

'명……'

이번에는 命.

마지막 글자는……

傷이었다.

치—명—상!

"······!"

붓을 떼는 것과 동시에 승우, 살 속에서 핵폭발이 이는 걸 느꼈다. 세 글자의 한문이 획을 나누어 약진하기 시작한 것이다. 보이지 않는 무한분열이 느껴졌다.

찌른다!

쑤신다!

찢는다!

일반적인 통증과는 비교조차 할 수 없는 가공할 고통이 거기 있었다.

'우어억!'

그럼에도!

비명은 나오지 않았다. 소리가 아니라 통증이 넘어오는 것이다. 신바의 시선은 차분하게 승우를 향해 고정되어 있었다.

어리석은 자여······.

그대는 끝났다네.

그의 눈은 그렇게 말하고 있었다.

과연 그랬다. 이미 탱탱하게 끌어올린 신력이 있었지만 허무했다. 어느 틈에 신력을 해제하고 밀려드는 육부적의 괴력은 승우의 상상 저 너머에 있었다. 그래서 웃었다. 이 고통을 규리에게 안겨주지 않아 다행이었다. 민민이 느끼지 못해 다행이었다.

'이렇게 되면!'

승우는 뇌리 속에 천존신장을 떠올렸다.

천존신장.

공간을 차단하고 적과 함께 폭사하여 소멸한다는 그 천존신장… 그 절대 공력의 자멸이 필요했다.

그렇다면 승우,

여기서 생을 마감하려는 것인가?

그럴 리는 없었다.

밖에는 민민과 규리, 좀 더 먼 곳에서는 차도형과 석 반장, 그리고… 그보다 먼 곳에서는 긴 목숨을 한으로 살아온 위안부 고재분과 그 딸이 있을 일. 그녀를 돕다 비명에 간 속파만신이 지켜보고 있을 일…….

'천존신장…….'

승우가 이를 악물자 피가 울컥 입술을 타고 나왔다. 다행히 승우는 육부적이 들어간 획을 또렷이 기억하고 있었다. 그것들이 움직이는 방향도 갈피를 잡고 있었다.

'후우!'

집중 또 집중하며 획의 이동을 감지한 승우는 23개의 원래 줄기를 향해 천존신장의 비기를 쏟아 부었다.

"와아아아앗!"

10!

8!

13!

치명상에 해당하는 부수. 그 부수에 작렬하는 천존신장의 자멸.

"우어어억!"

무려 스물세 곳에서 삶과 죽음이 충돌하며 통증이 밀려나왔다.

'버텨라, 송승우……'

승우, 불끈 쥔 주먹으로 최면을 걸었다. 이미 시전된 절정의 신력. 버티지 못하면 진짜 죽음이 올 뿐이었다.

노런나 오리나 리라리로런나

니리리런나 나라나 리런나

로로런나 리런나

로러런나 리런나

신음(神音)이 파도를 이루었다. 올라간다. 한없이 올라간다. 흡사 해오름을 타고 하늘에 닿을 듯 싶었다.

융해!

녹아버리는가?

원래 승우가 뜻하는 자멸은 부분이었다. 몸으로 들어간 23개의 육부적 획. 그 23개를 정확히 막아 폭사시키는 것. 데미지는 각오하고 있었다. 적어도 23곳의 데미지……

하지만 그 또한 유례가 없던 일. 어쩌면 진짜 주검을 맞이

할 수도 있었다.

그러나!

승우는 믿었다. 그 자신과 신인일체를 이룬 천존신장. 전처럼 개인의 영달을 위해 나선 일도 아닌 바에야 목숨까지 데려가지는 않으리라 생각한 것이다.

하늘이 무심치 않다면.

그래…….

승우, 거스르지 않고 함께 길을 맞췄다. 천존신장이 원한다면 함께 가는 것이다. 그가 원하는 하늘로 오르는 것이다.

가자!

두려움을 접고!

가자!

승우는 마음에 휘돌던 불안을 내려놓았다. 그리고 사력을 다해 고통의 상승에 동참했다.

"와아아아앗!"

화아악!

푸홧!

폭음…….

소리도 없는 폭음이 일었다.

끝…….

삶의 끝은 어디일까?

저승의 검은 강 너머, 검은 복숭아 나무로 만들어진 다리 그 너머……. 검은 빛이 사라지고 붉은 기운 터져 나오는 무릉 도원이 그곳일까?

속도감이, 마치 피부를 겹겹이 벗겨내는 것만 같았다. 몸을 남겨두고 탈피, 그리하여 알맹이만 승천… 찬란한 그 느낌이 온몸에 퍼지는 순간, 승우 몸의 23군데 지점에서 찬란한 무지개가 터져 나왔다.

"……!"

놀란 신바가 휘청 흔들렸다. 그 놀라움은 그의 척추를 흔들고 이마를 선뜻하게 만들었다. 그리고… 신음이 되어 밀려나왔다.

아아…….

믿을 수 없었다. 믿을 수 없는 일이 일어나고 있었다. 무지개를 따라 묻어나온 건 바로… 신바가 쓴 그 육부적이었다.

후두둑!

비처럼,

스물세 획이 떨어졌다.

신바의 발 앞에…….

"……!"

부서질 듯 경련하는 사이에 승우의 눈에 빛이 들어가기 시작했다.

안 돼!

신바는, 사력을 다해 붓을 잡았지만 승우가 조금 더 빨랐다. 붓은 어느새 승우의 손 안에 있었다.

"승부는 끝났어."

승우의 눈이 말했다.

"대체……."

신바가 와들거리며 입을 열었다. 뒷말은 한참 후에야 이어졌다.

"어떻게 한 거지?"

"……."

"이런 일은… 있을 수 없어……."

신바가 바람처럼 고개를 저었다.

"일본인이라면 그렇겠지!"

승우가 잘라 말했다.

"일본인?"

"하지만 나는 한국인이니까."

"……."

"이 어깨에 위안부 할머니들의 바람이 걸려 있었어. 당신들 선조가 자행한 못된 역사의 한이 맺혀 있었어."

"내 말은……."

"알아. 당신이 궁금한 건 그게 아니라는 거."

"……."

"천존신장!"

"천존신장?"

"천신 일신 월신 성신… 지신 산신 수신 화신 풍신… 그리고 신장신… 천존신장, 그 어떤 존재도 사멸하는 능력의 무신……."

"천존… 신장……."

신바의 입은 거듭 신음을 밀어내느라 바빴다.

"패배를 인정하는가?"

"그래……."

"고맙군."

"아직은……."

"……?"

"두 아이를 구하시게. 보아하니 신밥을 먹는 아이들… 그렇다면 이 터를 둘러싼 요기가 그냥 두지 않았을 거야."

"그건 걱정하지 않아도 돼."

"이봐. 이 터는……."

"내 말을 못 믿겠으면 직접 확인해 보시지."

승우가 문을 가리켰다. 그 모습이 워낙 확고하자 신바, 비틀 방문을 밀었다.

"아아!"

신바는 또 한 번 신음을 내고 말았다.

죽을 사(死)!

집터를 둘러싸고 폭설처럼 내리꽂힌 글자들… 그러나 규리와 민민이 선 곳만은 침범하지 못했다. 이유는 부적 때문이었다. 규리가 펼쳐 놓은 두 장의 부적. 그걸 뚫지 못하고 옆에 쏟아진 것이다.

"이제야 말이지만……."

승우는 그쯤에서 쐐기를 박아주었다.

"저 아이하고 붙었어도 당신이 졌을 거요."

물론, 약간의 과장이 섞였는지도 몰랐다. 하지만 승우는 진심이었다. 규리가 붙었더라도 이겼을 거라고 믿었다. 그녀는 대한민국 대표 무속인 중의 한 사람이니까.

"……!"

승우의 말과 함께 신바의 몸이 풀썩 무너졌다. 규리의 신력까지 확인하자 더는 버틸 수 없었던 것이다.

호이호이!

주인의 의지가 꺾이자 마당에 떨어진 글자들은 연기가 되어 흩어졌다. 집터 주변에 가물거리던 검은 연기도 자취를 감췄다. 그 지붕 위로 수려한 달빛이 엿보이기 시작했다.

하지만 긴장이 풀리는 것도 잠시!

요이요이!

청각을 찢는 소리와 함께 검은 연기가 다시 모습을 드러냈다.

"……!"

우물 정(井)!

허공에, 먹물로, 그 글자를 쓴 것만 같았다. 거대한 우물 정자가 신바의 마당에 어둠의 숲을 세운 것이다.

"요기예요!"

민민과 규리가 동시에 소리쳤다.

"와아아앗!"

승우의 입에서 함성이 터졌다. 함성은 검은 연기의 곤두박질과 거의 동시였다. 승우는 신력으로 민민과 규리를 도우려 했지만, 둘의 시선은 승우 뒤를 향하고 있었다.

"아저씨!"

"……!"

젠장!

유인책… 요기의 잔꾀였다. 민민과 규리를 내리꽂을 듯 곤두박질치던 우물 정(井) 자는 다른 갈래 쪽으로 중심을 이루더니 승우를 향해 날아갔다.

"워어엇!"

그냥 당할 승우는 아니었다. 분노와 짝을 이룬 승우의 의지 역시 신통력의 창칼이 되어 초연히 터져 나갔다.

중심!

중심…….

우물 정자의 중심…….

검은 창을 이루며 내리꽂히는 요기의 중심에 승우의 신통력이 작렬했다.

퍼엉!

꾸에엣!

승우를 꿰뚫으려다 허공에서 몸부림을 치는 요기.

"먹어랏!"

틈을 주지 않고 승우의 신통력이 한 번 더 터져 나왔다.

꾸에에엣!

검은 연기는 허공을 쥐어뜯다가 끝내 추락하고 말았다. 바로… 신바의 코앞에서.

"……!"

신바는 눈을 뒤집고 있었다. 보고도 믿을 수 없다는 표정이었다. 그 시선은 천천히… 천천히 승우에게로 향해 왔다.

"당신……."

"또 있나?"

승우가 후끈 기개를 뿜었다.

"신목의 정기… 그걸 깨다니. 천상의 신과도 필적할 수 있는 그 능력을……."

물먹은 솜처럼 늘어진 검은 연기를 부여잡고 파르르 전율하는 신바. 검은 연기는 스르르 손샅을 빠져나와 바닥에 떨어졌다.

그러자!

깨애애!

요망한 비명이 벚나무 쪽에서 들려왔다.

"아저씨!"

민민이 소리쳤다.

승우는 보았다. 딱 한 가지… 생명의 안테나처럼 꼿꼿하던 가지가 시드는 걸. 그리하여 마침내 가지의 잎이 떨어지자, 검은 벚나무 주변에서 거친 소용돌이가 일기 시작했다.

후우우후우우!

먼 비명 같은 아뜩한 소리, 그건 짐승이 뱉는 태초의 울음 같기도 했고, 목숨줄이 잘려 사위어가는 사람의 신음 같기도 했다.

한참 후에 나무가 사라졌다. 그러자 샘물이 빠르게 말라갔다. 그것은 마치 생명의 도미노를 고속화면으로 보는 것과 같았다. 이어 신바의 논바닥이 갈라졌고, 무성하던 벼들 역시 재가 되어 풍화되었다.

믿을 수 없는 광경을 보고 있던 승우, 시선을 신바에게 돌렸다. 그는 넋을 놓고 있었다. 어떤 말도 눈 깜박임도 없었다. 모든 것을 잃은, 모든 것을 내려놓은 시선일 뿐이었다.

그러다…….

"당신이 600년 신바 가문을 끝장냈군."

겨우 한마디를 쏟아내는 신바. 그 소리는 이미 삶을 내려놓은 소리였다.

"내가 아니라 당신의 운명이야."

승우가 응수했다.

"운명……."

"약속은 잊지 마시오."

"신목을 두고 한 맹세는 지켜야지. 다만⋯⋯."

신바가 고개를 들었다. 요청이 나왔다.

끄덕!

승우는 그걸 접수했다.

"한국에서 저주의 쓰던 마스크는 어디 있소?"

승우가 묻자 신바는 다락을 열어 작은 상자를 내놓았다. 거기 그가 쓴 마스크가 있었다. CCTV에 찍힌 세 개가 고스란히⋯⋯.

"여보세요!"

옷을 걸치고 전화기를 든 승우, 이제 바빠지기 시작했다.

*　　　　*　　　　*

"⋯⋯?"

후쿠오카 고등재판소 나하 지부, 그 앞에 몰려든 취재진들은 진풍경을 보게 되었다. 고소인 고재분이 휠체어를 타고 입장한 것이다. 의식이 있는 것도 없는 것도 아닌 상태였지만 시선만은 꼿꼿해 보였다. 휠체어를 미는 사람은 그녀의 딸 박순임이었다.

코타료 측에서는 변호사 둘이 참석했다. 소송 대리를 맡은 에이타는 보이지 않았다.

"저 여자, 참 끈덕지지?"

"그러게, 이제 산송장 같은 데도 소송 취하를 안 한다며?"

방청객으로 참석한 일본 기자들이 수군거렸다. 그 옆에는 승우가 있었다. 규리와 청풍댁도 보였다. 물론, 민민은, 보이지 않지만 당연히 참석하고 있었다.

"아저씨……."

규리가 승우를 바라보았다. 승우 역시 방청객석이다.

"잘될 거야."

승우는 규리를 안심시켰다. 그런 다음, 비행기 표를 꺼내보았다. 조금 빡빡한 일정이지만 국제선을 타기에는 문제가 없을 시점이었다.

승우는 박순임의 변호사를 바라보았다. 둘은 법정으로 오면서 만났다. 그는 승우를 향해 눈짓을 보내왔다. 승우 역시 고개를 끄덕해 화답했다.

"재판장님 입장합니다. 일동 기립!"

낮은 저음과 함께 판사들이 들어섰다. 비공개 원칙이지만 기자들의 참석은 허용한 재판. 그러나 일본 기자들이 보기엔 소모적이고 한심한 소송일 뿐이었다.

'한몫 보려는 정치적인 태클.'

'일본 거물을 폄훼하려는 늙은 한국인의 추한 뒷모습.'

'한국 정부의 사주.'

그들이 보는 시각은 명징했다.

하긴, 얼마나 끌어온 소송이던가? 끈질기게 소송의 꼬리를 물고 있는 한국인 고재분. 패소에 패소를 거듭하면서도 온갖 이유를 들이대 소송을 벌인다는 선입견. 코타료에 이어 에이타가 조성한 선입견과 편견이 무성하게 꽃을 피우고 있었던 것이다.

혐한!

그들은 그 감정을 잘 이용했다. 더불어 일본 정부의 방침 또한 그들의 편이었다.

〈위안부는 없다!〉

그들은 그 실체 자체를 부인했다. 그러니 위안부 소송이라는 것 자체가 어불성설이라는 주장이었다.

그러나 가해자가 없다고 하면 없는 것인가? 시퍼렇게 두 눈을 뜬 고재분이 살아 있다. 그녀와 함께 남양군도에서 피를 토한 피해자들이 살아 있다. 그 밖에도 일본의 많은 전선에서 그들의 노리개로 살아야 했던 위안부들이 지켜보고 있는 일.

그들은 모두 내 편!

고재분의 의지는 정말, 하늘도 꺾을 수 없는 일이었다.

재판이 속개되었다. 이제 본안 판결을 앞둔 최종 심리…….
하지만 이전의 심리와 다를 바가 없었다.

〈청구인의 주장은 모두 날조 허위로써 일고의 가치가 없다. 재판장께서 이 소모적인 소송을 종결하고 이런 소송을 일삼는 청구인에게 본보기 징벌을 무겁게 내려주길 청한다.〉

일본 측 변호사의 단언이었다.

"저 할망구… 코타료 대신과 전생에 무슨 원한이길래……."

"한탕 벗겨먹으려는 한국인들의 추악한 본성하고는……."

뒷좌석의 기자들이 중얼거렸다. 승우, 바로 돌아서서 죽통에 킥을 날리고 싶었지만 참았다. 반전은 이제부터였기 때문이었다.

"재판장님, 새로운 증인을 신청합니다!"

고재분 측 변호사가 일어섰다.

"이의 있습니다. 이제 와서 새로운 증인이 필요한 까닭이 없습니다. 판결 속개를 바랍니다."

코타료 측 변호사들이 이의를 제기했다.

"변호인 측 신청을 기각……."

판사의 마무리가 있기 직전에 다시 고재분 변호사가 소리쳤다.

"그렇다면 증인을 보고 결정해 주십시오!"

"지금 무슨 수작을 벌이는 거요?"

다시 코타료의 변호사들이 목청을 높였다.

"수작이 아니오. 이 증인은 당신들 수임료를 주는 분이니 거부할 입장이 못 될 것 같습니다만……."

고재분 측 변호사가 완강하게 나오자 판사가 새 증인 채택을 받아들였다.

끼이!

증인 출입문이 열렸다. 모든 사람들의 시선이 그곳으로 쏠렸다. 그리고… 승우와 고재분 등, 몇 사람을 제외한 모든 방청객들이 경악의 경련을 일으켰다.

먼저 들어온 건……

휠체어였다.

휠체어에 탄 사람은 코타료였다.

그리고…….

그걸 밀고 들어선 사람, 바로 오늘의 증인, 신바였다.

*　　　*　　　*

코타료!

그의 위치는 휠체어였다. 아직도 속파만신의 부적 영향을 고스란히 받고 있는 몸. 그 역시 죽은 것은 아니되 의식은 제자리에 있지 않았다. 그러고 보면 공평했다. 고재분과 코타료. 둘 다 상대방이 건 주술의 힘에 시달리고 있는 것이다.

"무슨 짓이야?"

당장,

코타료 측 변호사 하나가 고성을 질렀다. 원래는 재판장이 제지를 해야 할 사항. 하지만 워낙 느닷없는 일이고 보니 재판장도 갈피를 잡지 못하고 있었다. 그 사이에 신바는 증인석으로 옮겨갔다. 코타료를 천천히 밀고서.

"본인은 증인으로써 성실하게⋯⋯."

신바의 증언이 이어지는 동안 코타료 측의 두 변호사 얼굴은 점점 더 상기되어갔다.

"재판장님, 잠시 휴정을 요청합니다."

그들은 생각을 정리할 시간이 필요했다.

하지만!

신바의 입이 더 빨랐다.

"100여 년 전까지만 해도 오키나와 8대 무속으로 불리던 구로 사쿠라 집안의 마지막 후계자 신바라고 합니다."

오키나와 8대 무속 구로 사쿠라.

검은 벚나무를 숭상하는 무속을 칭하는 모양이었다.

"구로 사쿠라?"

뒷열의 노기자 하나가 신음을 토해냈다.

"당신이 정녕 구로 사쿠라 집안의 혈통이란 말이오?"

기자의 장탄식과 상관없이, 신바는 계속 말을 이어갔다.

"저는 사람을 둘 죽였고 저기 고재분 씨도 저렇게 만든 것도 접니다."

살인과 상행!

또다시 느닷없는 증언에 법정은 일대 아수라를 이루었다.

살인이라니?

한국 위안부와 일본 간판 가문의 터무니없는 소송에 웬 살인? 방청객들의 시선이 그런 의미를 주고받을 때 신바는 또

한 발 앞서갔다.

"피살된 두 사람은 한국인이며 그 의뢰자는 여기 코타료 어른과 아들 에이타 회장님입니다."

우르릉!

천둥이 쳤다.

콰자작!

벼락도 떨어졌다.

"증인, 지금 무슨 말을 하는 건가? 이 법정은……."

재판장이 혼란수습에 나섰다.

"알고 있습니다. 이 법정의 쟁송이 무엇인지……."

재판장을 돌아본 신바는 또다시 말을 이어갔다.

"쟁송과 무관하지 않습니다. 이 소송을 끝내기 위해 코타료 집안에서 제게 의뢰한 일이니까요."

"의뢰… 살인 의뢰?"

방청객에서 탄식이 터져 나왔다.

"살인 의뢰 맞습니다. 증거를 남기지 않기 위해 우리 가문에서 쓰는 비기의 무속 동원을 요청했으며 왕복 비행기 편과 숙소, 피살자들의 신상 자료와 서로 다른 3개의 인피면구 마스크 등을 지원해 주었습니다. 대가는 타인 대지로 분류되어버린 벚나무의 땅을 수매해 주는 것이었습니다. 물론, 거액의 금전적 보상도 약속했지만 그건 제가 거절했습니다."

"우!"

일제히!

이번에는 일제히 비명이 새어 나왔다.

"그렇다면 당신, 진정 구로 사쿠라 가문에 비기로 전하는 육부적으로?"

노기자가 앞 열로 나와 물었다. 신바는 끄덕 고개를 끄덕였다.

"맙소사!"

노기자가 휘청 무너졌다.

"잠시 휴정을 선언합니다."

당황한 재판장이 판결봉을 두드렸다. 하지만 신바의 말은 멈추지 않았다.

"코타료 집안에서 의뢰한 건 소송 당사자 고재분과 그를 돕는 한국 무속인 양은숙이었습니다. 양은숙은 육부적에 저주 인형을 보태 원하는 시간에 죽였으나 고재분은 육부적을 쓸 기회가 없어 저주 인형으로 죽음 가까이 몰아갔습니다."

"이봐, 아까는 두 사람을 죽였다고 하지 않았나?"

무리를 이룬 기자들이 물었다. 재판정은 이미 통제불능의 그것이었다.

"또 한 사람은 한국의 영험한 무속인… 이 사건과 관계없는 사람이지만 혹시라도 나중에 고재분을 지원할 능력이 있었으므로 예방 차원에서……"

"우우!"

거기까지 말한 신바, 천천히 청구인석의 고재분에게 다가갔다. 그런 다음, 정중히 허리를 굽혀 사죄의 뜻을 전했다.

"마고또니 모우시와케 아리마센."

두 번, 세 번······. 신바는 거듭 허리를 조아렸다.

그때였다.

뒷문이 왈딱 열리며 한 사람이 뛰어들었다. 바로 코타료의 아들 에이타였다. 코타료에게 다시 심상찮은 저주가 걸렸다는 보고를 받고, 이른 아침 회사의 긴급 사항을 정리한 후에 비행기로 날아온 에이타. 하지만 집에 있어야 할아버지가 없었다.

"어르신은 신바 님께서 모시고······."

그 말을 믿고 미친 듯이 달려온 법정이었다.

"당장, 당장 휴정하고 방청객을 모두 내보내주세요. 변호인들은 대체 뭘 하고 있는 건가?"

에이타가 두 변호인에게 소리쳤다. 그제야 경비원과 법원직원들이 장내질서 유지에 나섰다.

"아버님······. 죄송합니다."

에이타가 다가와 코타료의 휠체어를 잡았다. 하지만, 늙은 코타료의 손이 에이타의 손을 밀어냈다. 그의 입술이 꼼지락거리고 있었다. 주목하던 승우, 그에게 걸린 부적의 결계를 해제해 주었다. 사죄건 발뺌이건, 이제는 그의 발언이 필요한 때였다.

"재판장……."

늙고 쉰 코타료의 목소리가 재판장을 향해 날아갔다.

"코타료가 말을 한다!"

누군가 소리쳤다. 그게 신호였다. 밀려나던 방청객들과 기자들이 법원 직원들을 뿌리친 것이다.

"쉬잇!"

주의를 환기시킨 건 승우였다. 직원들을 밀어낸 승우가 좌중을 향해 우뚝 기개를 뿜어냈다.

"앞으로……."

의식이 돌아온 쿄타로. 그의 손이 고재분을 가리켰다.

"아버님……."

에이타는 망설였다.

"저 앞으로!"

코타료가 거듭 말했다. 가래와 쇳소리가 범벅된 위태로운 소리였다. 에이타는 하는 수 없이 휠체어를 밀었다. 한 발, 한 발……. 움직임을 따라 법정의 모든 시선이 쏠려왔다.

끼이!

바퀴가 멈추는 소리와 함께 코타료가 고재분 앞에 섰다. 이렇게 다시 만난 두 사람. 둘 다, 휠체어 신세였다.

"고―재―분!"

코타료의 입에서 그녀의 이름이 불려졌다. 그 또한 에이타의 귀를 의심하기에 충분했다. 평생 동안 고재분을 경멸하던 아버지. 뭘 어쩌려는 건가?

그러자!

지향 없던 고재분의 시선이 천천히 움직였다. 코타료를 향해서였다.

만났다.

두 눈……

위안부 고재분과 위안부 책임자 코타료…….

수십 년을 건너 온 한과 한의 눈동자…….

눈꺼풀이 꿈틀 흔들리더니 고재분, 입술까지 옴쪽거리기 시작했다. 그녀는 손을 들었다. 휠체어를 잡고 있던 손. 그 손에 힘이 들어가며 코타료를 가리킨 것이다.

파르르…….

손가락이 떨었다. 모진 한과 원망을 담고서…….

그리고 마침내 그녀…….

꿈에도 그리던 한마디를 듣게 되었다.

"인정하오!"

인—정—하—오.

단 한 마디에 재판정은 다시 혼란의 구렁텅이에 처박혔다. 단 한 번, 단 한 번도 자신의 혐의를 인정하지 않은 남자. 자신의 과오를 숭덩 지워내고 전후, 새로운 얼굴로 살아간 코타료. 그가 고재분의 청구를 인정한 것이다. 그날, 그 남양군도의 모습을 드러낸 것이다.

"아버님!"

에이타의 절규가 쏟아졌다.

"에이타……."

희미하게 이어지는 코타료의 목소리…….

"예, 아버님!"

"내 몫의 재산은 저이… 고재분… 그리고 그날 남양군도에서 짓밟힌 조선인 위안부들에게 바친다."

"아버님……."

코타료의 시선이 재판장을 향해 움직였다.

"부탁하오!"

이번에도 한마디였다. 그는 그 말을 끝으로 눈을 감았다.

"아버님!"

에이타의 통곡이 높아졌다. 츠츠미 코타료, 생의 마지막 순간에 회개하고 참회하며 저세상으로 날아간 것이다.

짝짝짝!

순간, 승우가 일어나 박수를 쳤다. 길고 깊은 질곡의 삶을 달려온 한 여자. 영웅도 아니고 무엇도 아닌, 그저 한 사람의 힘없는 대한의 딸 고재분……. 그녀의 집념을 향해 보내는 박수였다.

이어 규리가 일어나고!

고재분 변호사가 일어나고!

딸 박순임이 일어나 박수에 동참했다.

참담함!

쑥대밭이 된 오키나와 재판정을 울리는 한국인 네 사람의 박수. 그건 열도의 모든 일본인들이 막는다 해도 들릴 정도로 크기만 했다.

"검사님……."

박순임이 피를 토하며 다가왔다. 그 감격… 어찌 피를 토하지 않으랴? 어찌 제정신으로 입을 열랴.

"고생 많으셨습니다."

승우는 고재분의 손을 잡아주었다.

툭!

그녀의 눈물이 승우의 손에 떨어졌다.

끄덕!

그녀는 간절하게, 더욱 간절하게 고개를 끄덕였다. 말은 필요 없었다. 그녀가 할 말은 승우도 알고 있었다. 달리 염화시중인가? 달리 한국인인가? 승우는 눈시울을 박차고 나오는 뜨끈한 액체를 참으며 돌아섰다.

"본 재판정의 판결을 내리도록 하겠습니다."

등 뒤에서 재판장의 판결이 이어지고 있었다. 코타료가 말한 대로, 그리고, 고재분이 바라는 그대로였다.

풀썩!

코타료의 휠체어 옆에서 에이타도 무너졌다.

끝장!

그의 뇌리에는 그 단어가 폭발하고 있었다. 전후의 기적 속에서 일군 가문의 영광. 그리하여 일본 최고의 가문으로 우뚝 선 츠츠미 가문의 몰락이 그의 눈에 보였다.

"이봐요, 송승우 검사!"

어떻게 알았을까? 밖으로 나오는 승우를 기자들 한 무리가 쫓아 나왔다.

"이거 당신의 작품입니까?"

"신바의 살인 사건을 당신이 밝혀낸 겁니까?"

기자들의 질문이 이어졌다.

"신바를 추적한 건 사실입니다."

승우는 질문을 피하지 않았다.

"결국 당신이 증거를 잡았군요?"

"증거는 내가 잡았지만, 그 기회를 준 건 하늘입니다."

"하늘?"

"당신들 일본… 존재하는 진실마저 가리는 치졸한 행태를 징치하고자 하시는 저분의 뜻……."

승우의 손이 하늘을 가리켰다. 기자들의 시선이 손을 따라 움직였다.

"저분이 무심치 않아 진실을 알려준 거죠."

"그럼 증거가 무엇입니까?"

"코타료가 모든 것을 설명하지 않았습니까? 그 이상 무엇이 더 필요합니까?"

"……!"

기자들은 말문이 막혔다. 신바를 사주한 코타료. 그가 모든 걸 인정했다. 그러니 그 이상 가는 증거는 없었던 것이다.

"비켜주시겠습니까? 신바를 압송해야 해서……."

이미 범죄인 인도요청을 끝낸 승우, 기자들에게 일부러 '압송'임을 강조했다. 막힌 길은 대기 중이던 차도형이 열었다. 법정을 나온 신바는 벌써 차 안에 태워져 있었고, 그 옆에는 석반장이 거목처럼 버티고 있었다.

"가지!"

규리를 먼저 차에 태우며 승우가 말했다.

부릉!

시동 소리와 함께 기자들도 일제히 차에 올랐다.

"달고 갑니까?"

뒤차의 차도형이 전화로 물어왔다.

"물론!"

"고재분 여사님은요?"

"거긴 변호사에게 맡겨두는 게 좋아. 자칫하면 한국 정부가 개입했다는 빌미가 될 수도 있으니……."

"알겠습니다."

차도형은 더 묻지 않았다.

'많이도 따라붙었군.'

힐금 백미러를 바라본 승우, 끝 모르게 꼬리를 무는 기자들 차량을 보며 속도를 올렸다.

"10분 주겠소."

신바의 집 앞에 도착한 승우가 말했다. 석 반장과 나란히 선 그는 말없이 돌아섰다. 수갑은 채우지 않았다. 뒤에 포진한 기자들 때문은 아니었다.

"괜찮을까요?"

차도형이 물었다.

"별일 있으려고?"

승우는 시치미를 떼고 소리 없이 웃었다.

뒤쪽에서는 카메라 소리가 펑펑 들려왔다. 신바의 거처. 그러나 이제는 황량하게 흔적만 남은 벚나무와 우물 정자 터전……. 벼가 사라진 신바의 집은 그저 폐허에 가까운 고옥에 지나지 않았다.

10분…….

그 10분이 되기 전에 승우에게 느낌이 왔다.

'결국…….'

승우는 고개를 돌렸다. 저 하늘을 향해… 그 하늘로 천천히 날아가는 신바의 영기가 보였다.

"들어가 봐."

승우가 차도형에게 턱짓을 했다. 마당을 넘어 신바의 방문을 연 차도형이 이쪽을 향해 소리쳤다.

"범인이 이상합니다!"

즉사(卽死)!

방 안에 들어선 승우는 그의 선택을 알았다. 아직 체온이 가시지 않은 몸통 옆에 붓과 벼루가 보였다. 뇌리에 그의 마지막 딜이 스쳐 갔다.

'협조할 테니⋯⋯.'

명예롭게 조상 옆에서 죽을 기회를 달라.

그가 뜻하는 건 육부적이었다. 그의 몸에다 쓸 작정이었다. 벚나무와 샘물, 벼가 사라졌지만 붓이 남아 있었다. 지난번에 묻어 마른 신수(神水)가 묻어 있었던 것이다. 그걸 자기 피에 녹여 마지막 육부적을 썼다. 그리고 생을 마쳤다.

증거는 그의 몸에 있었다. 검붉은 빛이 얼비치는 글자의 획들이 꿈틀거리고 있는 것이다. 그의 몸속에서⋯⋯.

꿈틀⋯⋯.

꿈틀⋯⋯.

기자들이 밀려들어왔다. 승우는 말리지 않았다.

"⋯⋯?"

먼저 들어온 기자들은 신바 몸에서 일어나는 현상을 보고 경악했다. 하지만 그뿐이었다. 동영상은 찍지 못했고 뒤를 이어 다른 기자들이 밀려들었다.

그때는⋯⋯.

육부적이 사라진 후였다. 기이하게도 그랬다. 마지막으로 그의 심장 부근에서 꿈틀한 육부적은, 그 후 어디에서도 움직임을 보이지 않았다.

신바…….

그가 가져갔다. 그의 가문 대대로 내려온 신목의 마법. 그가 죽음으로 걸어간 것이다.

신목 벚나무도.

신수 샘물도.

신미 쌀알도.

그 주인이던 신바도…….

"검사님……."

차도형이 다음 지시를 기다렸다.

"귀국해야지!"

승우는 한마디로 대답했다.

5장
애기선녀의 비상(飛上)

그때였다.

한 무리의 일본 기자들이 저희들끼리 웅성거리기 시작했다. 잠시 후에야 승우도 이유를 알았다. 그들에게 날아온 급보는 에이타의 자살 소식이었다.

코마기업 회장 에이타, 부친 판결 후에 자살.

자살 장소는 북부의 별장. 코타료가 숨을 거두자 그 역시 뒤를 따라간 모양이었다.

거대한 역사의 현장에 있었던 코타료.

전후 그 실체를 부인하고 오히려 고재분을 명예훼손 등의 혐의로 고발하며 진실을 감추려 했던 츠츠미 가문의 몰락이었다.

그 덕분에 공항까지도 소란이 이어졌다. 더 많은 기자들이 몰려든 것이다.

하지만 승우는 별 영향을 받지 않았다. 석 반장과 차도형이 노련하게 길을 내주었다. 소동은 그 뒤로 더 크게 이어졌다. 고재분과 그 딸 박순임이 등장한 것이다.

박순임, 고재분에게 마스크를 씌웠다. 그 자신도 물론 마스크를 꼈다. 그녀가 말 대신 앞세운 건 피켓이었다.

〈진실을 가리는 당신들과는 할 말 없습니다.〉

뜨거운 침묵으로 걸어가는 박순임을, 일본 기자들은 막지 못했다.

입국장에 대기하던 한국인들, 그들은 그제야 SNS 등을 통해 고재분의 쾌거를 알게 되었다. 바람만 세게 불어도 쓰러질 것처럼 늙고 사윈 고재분. 그러나 역사적 진실을 위해 누구보다 고군분투한 그 할머니…….

짝짝짝!

"고재분!"

"파이팅!"

격려와 응원의 박수가 시작되었다. 이번에는 승우가 먼저가 아니었다. 대학생들로 보이는 젊은이들이 먼저 박수를 쳐 준 것이다. 한국의 미래는 그래서 밝았다.

나아가…….

"먼저 타세요!"

여학생 하나가 고재분에게 순서를 양보했다. 그러자 줄을 서 있던 탑승 대기승객들이 일제히 길을 터주었다. 감동이 기적처럼 길을 내고 있었다.

"어때?"

뒷줄에서 지켜보던 승우가 차도형에게 물었다.

"울컥하네요."

"한국 사람으로 태어난 게 자랑스러운 순간입니다요."

차도형에 이어 석 반장도 목 매인 소리를 밀어냈다.

그녀가 비행기 안으로 들어갔다.

고재분…….

백발을 펄럭이는 그녀의 머릿결조차 당당해 보이는 순간이었다.

고오오!

비행기가 이륙했다.

기내 서비스를 받으며 승우가 돌아보았다. 특별석에 앉은 고재분은 곤히 잠들어 있었다. 마치, 마치 그때… 전쟁이 끝나 그리운 고향으로 돌아가는 배에서의 모습처럼.

그 옆에는 신혼여행에서 돌아오는 신혼부부가 보였다. 그들도 고개를 맞대고 잠들어 있다. 한 비행기에 탔으면서도 사람들의 사연은 이토록 달랐다.

긴장이 풀린 차에 신혼부부를 보니 유정하가 떠올랐다.

"규리야!"

승우, 승무원이 주고 간 작은 기념품을 만지던 규리를 불렀다. 당찬 그녀는 기념품도 두 개를 챙겼다. 물론 하나는 민민 것이었다.

"왜요?"

기념품을 뜯으며 대답하는 규리.

"유정하 알지?"

"그 예쁜 언니요?"

얼른 대답하는 규리. 그래도 시선은 여전히 기념품에 꽂혀 있었다.

"점 봐줬다며?"

"그 언니 좋아해요?"

질문의 진도가 나가기도 전에 규리가 대뜸 물었다.

"뭐?"

"아니면 말고요."

"야, 나 그 여자하고 아무 상관도 없… 는 건 아니고… 그렇다고 큰 상관이 있는 것도……."

설명하던 승우가 더듬거렸다.

"좋아하네."

응?

요즘 애들 무섭다.

"그런데 왜요?"

"나 참……."

"빨리 말해요. 나 졸려요. 아흠!"

규리는 연신 입맛을 다셔댔다.

"아무튼 네가 유정하 그 여자, 법 밥 먹는 사람하고 결혼할 운이라고 했다며?"

"네!"

"그거 설마 나 아니지?"

"비밀이에요."

"뭐?"

"손님 점 봐준 거 남한테 전하면 신장님들과 신령님이 노하거든요."

맞는 말이다.

"……."

"또 있어요?"

"그 여자가 내 말은 안 했다 이거지?"

"그것도 비밀."

"야, 우리 사이에 진짜……."

"좋아요. 우리 사이니까 한 가지는 말해줄게요."

"땡큐!"

"아저씨, 이 비행기에서 내리면 송, 승, 우 세 글자를 대한민국에 떨칠 수 있을 거예요."

"뭐?"

"민민, 코 자자!"

규리는 몸을 돌리더니 눈을 감았다. 바로 잠이 들었다.

헐!

승우는 승무원에게 맥주나 한 캔 청하는 수밖에 없었다. 승우를 따라 캔을 받아 든 석 반장이 건배의 손을 내밀었다. 맥주 맛은 좋았다.

펑펑펑!

짝짝짝!

두어 시간 후에 닿은 인천공항은 완전한 아수라장이었다. 보도진들과 위안부 할머니들, 기타 관련기관에서 나온 사람들이 인산인해를 이룬 것이다.

"재분아!"

검버섯 가득한 한 할머니가 군중 사이에서 뛰어나왔다. 그 뒤를 다른 위안부 할머니들이 이었다. 젊은 사람들 눈에는 걷는 것만도 못한 뜀박질… 하지만 늙은 그녀들로써는 광속에 버금갈 속도였다.

"니가 해냈구나. 니가 해냈어!"

"재분아, 이……."

통곡…….

통곡…….

한 무리가 되어 뭉친 할머니들 눈에서 폭포가 솟았다.

"여기는 인천공항입니다. 수십 년간 외로운 법정 투쟁을 벌이던 고재분 여사께서 오늘 일본 재판정에서 역사적인 승리를 안고 돌아왔습니다. 당시 위안부 책임자였던 일본군 장교는 평생 명백한 진실을 외면했지만 할머니의 끈질긴 집념 앞에 결국 굴복하고 말았습니다. 하지만 이 교활한 일본인은 할머니와 그 협조자들을 무속인을 동원해 살인까지 교사하고……."

기자들이 목청을 높일 때였다.

"대한독립만세!"

위안부 할머니 한 사람이 두 팔을 들며 만세를 불렀다.

그러자!

"대한민국만세!"

"만세!"

만세소리가 뒤를 이었다.

첫 승소!

그러나 상대가 일본의 거물이자 대신 출신이기에 더욱 뜻깊은 승소…….

가만히 집중하는 승우에게 박순임이 다가왔다. 승우는 그 손을 거부하지 못했다.

승우와 규리는 고재분 할머니의 곁에 서서 카메라 세례를 받았다.

"교활한 늙은 여우 코타료의 살인사주를 밝혀내고 진실

을 인정하도록 힘써주신 검사님이십니다. 이분이 아니었으면……."

박순임, 결국 또 목이 매고 말았다.

"코타료의 살인사주는 어떻게 아신 겁니까?"

"원래 내사를 하고 있었습니까?"

기자들의 질문이 다시 쏟아졌다. 승우는 옆에 있던 규리를 번쩍 안아 들었다.

"이번 사건을 해결하는 데 결정적 도움을 준 건 이 소녀입니다."

"……!"

"이제 다섯 살인 규리……. 하지만 한국 정통 무속의 맥을 이어가는 멋진 무속인이라죠."

승우는 있는 그대로 답했다.

당연했다.

육부적을 알아낸 건 규리였다. 만약 그게 사람을 죽이는 육부적인 줄 몰랐다면 그저 기이한 현상쯤으로 넘겼을 일이었다. 그렇다면 신바를 추적하지 않았을 테고, 그렇다면 오키나와 법정에서 코타료의 굴복을 이끌어내지도 못했을 일이었다.

카메라의 초점이 규리를 향해 옮겨지기 시작했다. 그녀는 그럴 자격이 있었다. 나이로 일을 하는 건 아니다. 암!

그렇고말고.

"아저씨!"

겨우 취재진을 따돌린 공항 주차장, 차에 오르기 직전의 규리가 승우를 불렀다.

"고생 많았다."

승우가 다가가 머리를 쓰다듬어 주었다.

"저기요……."

그녀의 손짓을 따라 귀엣말을 들으려 고개를 숙여주는 승우. 규리는 그 귀에 고운 마음을 쏟아놓았다.

길일!

길일 통보였다.

민민의 천도를 위한 길일…….

"오실 거죠?"

"오케이!"

마다할 이유가 없었다. 민민이 뮤뮤를 만날 수 있다면, 그의 할아버지를 만날 수 있다면 당장에라도 도울 승우였다.

"그리고 복채 내세요."

"무슨?"

"비행기에서 점 봐줬잖아요? 공짜로 보면 효험 떨어지는 거 몰라요?"

"아!"

승우가 뒷목을 긁었다. 비행기에서 내리면 이름 세 자를 떨칠 거라던 규리였다.

"여기 있습니다. 애기선녀님!"

승우는 5만원 한 장을 꺼내 고이 찔러주었다.

"민민 갈게. 또 보자."

규리는 승우의 손목에 대고 쪽 뽀뽀를 작렬해 주었다.

작은 거인 황규리…….

그녀가 떠나갔다. 한없이 어리지만 한없이 당차고 용한 무속인. 승우는 그녀의 귀갓길에 마음으로 경례를 붙였다. 검사의 경례를 받을 자격이 있는 소녀였다.

*　　　*　　　*

사건의 여파는 엄청났다.

지검으로 돌아오기도 전에 일본 도쿄지검 특수부에서 연락이 왔다. 그들은 이 사건을 처음부터 끝까지 알기를 원했다. 그렇지 않으면 신바의 부검에 한국측 부검의의 참관을 재고할 수밖에 없다는 통첩까지 붙이고 있었다.

신바의 부검.

그가 자살했기 때문이었다. 원래는 한국으로 데려와 범행일체를 수사하고 현장검증을 하려던 승우였다. 하지만 기브 앤테이크로 그 계획을 포기했다. 한국에서의 그의 범행도 중요했지만 무엇보다 중요한 건 오키나와의 법정이었다. 둘 중 하나를 택하라면 당연히 그곳을 택하는 게 옳았다.

그렇기에 승우, 그의 청을 들어주었던 것이다.

─조상의 혼 곁에서 죽을 기회를⋯⋯.

죄인을 징벌할 책임을 진 검사로서 그런 부탁을 들어준 이유는 또 있었다.

신바가 비록 요목에 기댄 무속인이라지만 그 또한 평생을 수련으로 살아온 사람. 그렇다면 언제든 제 목숨 하나 끊기는 식은 죽 먹기였다. 그러니 약속을 저버리고 무리하게 압송하다 자살해 버리면 오히려 더 큰 실책이 될 참이기 때문이었다.

그렇기에 일본 검찰의 행동은 예견하던 바였다.

위안부 문제!

이 얼마나 첨예한 것이던가? 더구나 일본으로써는 죽어도 인정하지 않던 차. 그런데, 하필이면 다른 사람도 아니고 츠츠미 코타료가 인정을 해버렸다. 그는 일본 내각을 역임한 사람이었으니 난처해도 이만저만 난처할 입장이 아니었다.

그러니 트집거리를 찾으려는 것이다. 조작이라느니, 날조라느니 하는 상투적 수사(修辭)를 내세워 면피할 생각이 뻔한 그들이었다.

제일 먼저 승우는 검찰총장을 찾아갈 생각이었다. 사안이 사안이다 보니 아래에서 위를 보고하는 것보다 그 반대를 취하는 게 효율적이라고 판단했다. 더구나 승우, 검찰총장 직속 라인이 아닌가?

때맞춰 총장실에서도 호출이 왔다. 잘된 일이라고 생각했는데 총장실에는 총장만 있지 않았다. 푸른 기와집에서도 움직인 것이다.

"송 검사!"

맞아주는 총장도, 푸른 집 비서관도 상기되어 있기는 마찬가지였다.

"워낙 급한 일이라 일일이 보고하지 못하고 수사하게 되었습니다. 이해해 주시기 바랍니다."

립 서비스였다. 윗사람들은 이걸 바란다. 이걸 잘해야 유능하다고 한다.

젠장! 그야말로 젠장이었다.

"앉으시게."

소파 앞에 선 승우에게 총장이 자리를 권했다.

"전부… 틀림없는 사실인가?"

총장이 물었다.

"예!"

"일본 정부의 대신을 역임한 코타료가 사악한 술법사를 보내 위안부와 그를 돕는 무속인들을 해쳤다?"

"예!"

"증거는 제대로 확보했나?"

"술법사가 사용한 주술물과 마스크, 그의 자백, 출입국 기록, 피해자 집 주변에서 찍힌 CCTV 화면 등이 있습니다."

"하지만 그 술법사가 자살했다고?"

"예……."

"허어… 그걸 막았어야 했는데……."

옆에 있던 비서관이 장탄식을 터트렸다. 승우의 시선이 천천히 그에게 옮겨갔다.

"일본 정부 차원에서 의견표명이 있었습니까?"

총장이 비서관에게 물었다.

"한두 가지가 아닙니다. 한국의 검사가 협조 요청도 없이 일본 땅에 들어와 일본인을 상대로 수사를 한 것부터 문제를 삼고 있어요."

이 인간은 누구 편?

어느 나라 사람?

한순간, 승우 마음에 그런 생각이 들었다.

"죄송하지만 선후가 바뀐 것 같습니다만……."

승우, 감정을 꾹꾹 눌러 버리고 변죽을 울려주었다.

"바뀌다니?"

"오키나와 법정에서도, 공항에서도 위안부 할머니들은 감격으로 몸을 떨었습니다. 당사자가 자신의 잘못을 인정하고 자기 재산까지 내놓겠다고 법정에서 공언한 일입니다. 그 사주를 받은 범인 역시 자신의 잘못을 재판장 앞에서 인정했습니다. 그러니 소소하게 과정을 묻는 것보다 위안부 할머니들에게 달려가 우리 정부가 그분들 편이라는 걸 알려주시는 것이……."

"······!"

비서관의 얼굴에 지진이 이는 것이 보였다.

"나머지 법적인 문제는 제가 책임지겠습니다. 옷을 벗으라고 하셔도······."

"······."

"이 사건 마무리도 그렇습니다만 다른 밀린 사건 때문에 숨 쉴 틈도 없습니다. 그만 가봐도 될까요?"

보고는 된 셈이니 승우의 볼일은 끝났다. 더 앉아 있고 싶지도 않았다.

"그러시게, 수고 많았네."

총장이 일어나 격려를 해주었다. 그러나 비서관은 미간을 구긴 채 움직이지 않았다.

OFF!

신경을 꺼버렸다.

새삼스러운 말이지만, 좋은 자리에 있다고 다 밥값을 하는 건 아니었다. 과거에는 승우도 그중의 한 명이었다.

'당신도 빨리 철드시오, 너무 늦으면 내가 털러 갈 수도 있으니······.'

승우는 똥오줌 못 가리는 비서관을 향해 혀를 차주고 나왔다. 하늘이 맑았다. 위안부 할머니들 말대로 대한민국만세였다.

대한민국만세!

*　　　*　　　*

무속이 뜨기 시작했다.

규리 때문이었다. 규리가 방송에 출연한 것이다. 텔레비전 시청과는 살포시 작별을 했었던 승우. 규리가 나온다는 데야 안 볼 수 없었다.

방송이 예정된 날 승우는 일찌감치 집으로 향했다. 캔맥주 세 캔과 민민을 위한 음료수 한 병, 거기까지는 잘 집어 들었는데 안주가 문제였다.

그 위대한 고민(?)을 하는데 뭐 어쩌고 하는 감자칩이 보였다. 두 봉을 들고 편의점을 나섰다.

푸식!

캔맥주는 역시 따는 맛이다. 그리고 알싸하게 감도는 알루미늄 맛이다. 채널을 맞추고 집중할 때 전화가 울렸다. 무려 국제전화였다.

―검사님!

발신자는 표표였다.

"어, 표표!"

―잘 계시죠?

"응, 표표는?"

표표는 반가운 소식을 전해주었다. 무너진 파고다를 제자리에 세웠다는 것. 병원에서 나오기 무섭게 복구를 시작한 모양이었다.

"대단하네."

승우는 격려를 아끼지 않았다. 그녀는 민민에게 안부를 전하고 페이스북에 사진을 올려두었다는 말로 전화를 끊었다.

"좋냐?"

승우가 화면을 찾아 민민에게 보여주었다. 파고다는 제자리에 있었다.

"네!"

민민이 팔랑거린다. 어쩐지 활기차게 보이는 민민… 이제 소리 없이 사위어갈 걱정은 덜어도 될 것 같았다.

"어, 규리가 나와요."

고개를 돌리던 민민이 소리쳤다. 화면에 당찬 꼬마 무속인 규리가 나오고 있었다.

황규리. 애기선녀…….

방송 섭외가 들어왔을 때 승우는 상주보살의 전화를 받았다.

그녀는 과거에 방송을 빙자한 사기꾼들에게 당한 적이 있다며 뒷조사(?)를 부탁했다. 확인 결과 예능프로그램이었다. 피디의 설명은 비장했지만 결국은 양념으로 그칠 일. 그게 방송의 생리다. 그래서 규리와 상주보살의 뜻에 맡긴 일이었다.

"와아, 예쁘다……."

민민이 넋을 놓고 말했다.

"미얀마 남자도 예쁜 여자 좋아하냐?"

"네!"

"너도?"

"네!"

민민의 눈이 풀어져 있다. 하긴 승우가 보아도 분장한 규리가 예쁘긴 했다.

그냥 예쁜 게 아니라 총명해 보인다. 게다가 그 속은 어떤가? 신을 받은 능력이니 방송 따위에 떨 규리가 아니었다.

"그러니까 전국 최연소 무속인이 맞으신 거죠?"

사회자는 규리를 부각시키려고 애썼다. 그런 다음 이런저런 오락에 무속을 접목시켰다. 예상된 일이었다. 어쩌면 보수적인 무속인들은 무속 망신이라고 생각할지도 몰랐다.

하지만!

망신은 이미 다 당한 처지였다. 외래 종교에게 안방을 내주고 지하실로 밀려난 신세가 아닌가? 그 이면에는 무속인들의 소극성이 한몫을 했는지도 모른다.

거기에 비하면 규리는 기특했다. 저 어린 아이가 자기의 영달을 위해 방송에 나갔을까? 유명한 스타가 되기 위해 나갔을까?

나가서 뭐할래?

"한국 무속의 힘을 보여줄래요!"

승우가 물었을 때 규리가 한 말이었다.

무속도 대중 곁으로 가야 한다. 그들과 함께 숨 쉬며 인정받아야 한다. 대중의 지지가 없는 무속이 무슨 소용이란 말인가? 승우, 마음으로 규리를 응원할 때 사회자가 엉뚱한 능력 인증법을 제시했다.

여섯 명!

30대쯤으로 보이는 남녀 여섯 명이 무대로 나왔다.

"이 중에는 결혼한 사람 셋이 있고 하지 않은 사람이 셋 있습니다. 애기선녀님의 신통력으로 맞출 수 있습니까?"

사회자 말이 떨어지자 공동 진행자들이 고개를 저었다. 방청객도 술렁거리기 시작했다.

"아무리 무속 신동이라지만……."

"무리 아니야?"

수군거리는 소리가 들렸지만 승우는 웃었다. 저들은 지금, 대학생을 데려다놓고 한 자리 수의 덧셈 뺄셈을 시험하는 꼴이었다.

"좋아요, 다들 눈을 감아주세요!"

규리는 쇼맨십까지 있었다. 그냥 맞춰도 될 것을 제법 긴장감까지 끌어올려 주었다. 하지만 그 이후는 일사천리.

척척척!

손 짓 세 번으로 판을 끝내 버렸다. 물론, 답은 정확하게 맞았다.

"그럼 저는 언제 결혼할 수 있을까요?"

사회자가 깝죽거리며 물었다. 그러자 규리의 말이 걸작이었다.

"호박씨 그만 까면!"

나중에 안 일이지만 이 사회자는 수십억 대의 세금포탈을 하고 있었다. 규리가 의미한 말이 그것이었다. 뒷구멍으로는 온갖 비리를 저지르면서 앞에서는 선한 웃음을 짓는 인간들……

대미는 방청객에서 나왔다. 사회자가 두 명을 뽑아 애기선녀에게 고민을 상담할 기회를 준 것.

"집 나간 우리 딸 언제 돌아올까요?"

마지막 질문자로 선정된 중년 아줌마가 눈시울을 붉히며 물었다. 규리가 딸의 사주를 받아 들었다. 그리고 눈빛이 변했다. 붉고 매운 기운이 스쳐 간 후에 규리가 짱짱하게 입을 열었다.

"지금!"

"예?"

"지금이라고!"

규리, 신점을 볼 때의 그 목소리로 쏘아붙였다.

"이건 뭐 장난도 아니고……"

아줌마는 실망스러운 듯 혼자 중얼거렸다.

"어허, 네 지금 우리 신장님 능력을 의심하는 것이냐? 불벼락을 맞아볼 참이야?"

규리는 신의 권위로 아줌마를 나무랐다. 그러자 공동 진행자들이 폭소를 터트렸다. 그들은 여전히 규리를 귀염둥이 무속인 정도로 보고 있었다.

"이야, 우리 애기선녀가 호통 하나는 제대로 무속인인데요?"

"그러네요. 저는 아주 오금이 찔끔……."

그들의 농담이 이어질 때 방청객 한 사람이 아줌마에게 손짓을 했다.

"아줌마, 전화 온 거 같은 데요?"

그러자 아줌마, 진동으로 해둔 전화기를 꺼내 들었다. 그리고……

"누구? 윤서니? 윤서?"

이어지는 그녀의 비명…….

"으아악!"

비명을 따라 사회자와 공동 진행자들의 시선이 쏠렸다. 아줌마의 다음 말은 여전히 비명이었다.

"세상에나, 우리 딸이 지금 집에 돌아왔대요. 우리 딸이요!"

화면이 규리를 잡았다. 규리는 만신처럼 느긋하게 웃었다.

짝짝짝짝!

방청석에서 박수가 터져 나갔다. 사회자와 진행자들도 그 대열에 합류했다.

"여러분, 무속은 미신이 아닙니다. 제대로 수련하고 신이 내린 정통 무속인들은 여러분과 고민을 함께하기 위해 늘 기도하고 있습니다. 사기꾼 몇 명 때문에 무속인을 오해하지 말아주세요!"

아이답지 않은 마지막 멘트도 좋았다. 규리는 뜨거운 박수를 받으며 퇴장했다. 규리를 쫓아 나온 방청객 아줌마는 규리를 안고 춤을 추었다.

연출되지 않은 능력, 만들고 꾸미지 않은 진솔함. 더구나 어린 아이였기에 반향은 엄청났다.

"민민, 규리가 좀 뜨겠는데?"

리모콘을 누르며 승우가 말했다.

"떠요?"

"유명해지겠다고."

"그럼 나랑 못 놀아요?"

"응?"

"그러면 안 되는데……."

이번에는 민민이 심각해졌다.

푸흣!

그 마음이 귀여워 승우, 피식 웃음이 나왔다.

다음 날 출근하니 뜻밖의 손님이 찾아와 있었다. 다카시라는 일본 도쿄 지검의 부장검사였다. 그는 검사 하나를 대동하고 지검장실에서 승우를 만났다.

수사자료!

그가 원하는 것은 그것이었다.

"공식 통로를 거쳐 요청하십시오. 필요하다고 인정되면 협조해 드리겠습니다."

승우는 한마디로 대답했다.

"독대하고 싶습니다."

그가 승부수를 던졌다. 한국말이었다. 지검장이 승우를 바라보았다.

일대일!

한국 검사와 일본 검사.

꿀릴 일도 없었다.

"지검장님이 허락하신다면……."

승우는 공을 지검장에게 넘겼다. 윗사람의 체면을 챙겨준 것이다.

딸깍!

잠시 후에 승우는 회의실 문을 열었다.

"역시 안 되겠습니까?"

그가 물었다. 억양이 좀 안 맞았지만 들을 만한 한국어였다. 승우의 일본어보다는 한결 나았다.

"우리 국내에서 살인을 저지른 사람입니다."

"한 건은 일본이라고도 할 수 있습니다."

그의 태클은 현해탄이었다. 그곳에서 발작하여 투신한 주주만신 주성희. 그녀에 대한 수사를 물고 늘어지는 것이다.

"그곳은 명백히 우리 영해입니다."

"그렇다면 송 검사님!"

다카시의 시선이 올라왔다.

"말씀하세요."

"한 가지만 청하겠소."

"뭡니까?"

"육부적!"

"……?"

다카시가 원한 건 육부적이었다. 일부라도 보여주면 한국 측 발표를 수긍하겠다는 딜을 던져왔다.

"당신… 무속을 압니까?"

승우가 물었다. 일반적으로 검사라면 한국이나 일본이나 법률 공부에 매진한 사람. 관심은 있을 수 있겠으나 조예가 있기는 어려웠다.

그런데!

다카시의 말은 좀 뜻밖이었다.

"위로 증조할아버지 대에 술사가 있었소. 덕분에 할머니에 게 이런저런 얘기를 들었고."

다카시의 눈빛이 매섭게 반짝거렸다. 인상적이었다.

"……!"

"솔직히 우리 정부 측에서는 이번 사건과 오키나와 소송에 한국 측의 심령술이 동원되었다는 의심을 가지고 있소. 그래서 당신의 입국일 전후에 입국한 사람을 죄다 조사했더니 한국의 무당이 들어왔더군요."

황규리…….

그들이 알아낸 모양이었다.

"그래서요?"

"다섯 살 꼬마… 이제는 방송에도 나오더군요. 여러 방면으로 알아봤더니 탁월한 신통력이 있고……."

신바가 살던 주변에서도 그 꼬마를 봤다는 증인이 나왔다. 다카시의 첨언이었다.

"그렇다면 알고 계시겠군요. 우리 애기선녀는 사악한 술법 따위는 쓰지 않는다는 거……."

"내가 이해한다고 될 일이 아니오."

"그럼 어쩌자고요?"

"육부적… 신바가 있던 곳은 이미 폐허에 가깝게 되었소. 당신 작품이겠지. 그러니 흔적이라도 보여주면 우리 측을 이해시키겠소."

"어째서 이런 제의를 하는 거요?"

승우가 물었다.

"우리 할머니에게 들은 게 있어서 그러오. 그중 가장 신기한 게 육부적이었소. 그 대상에 대고 쓰면, 그 안으로 들어가 꿈틀……."

"……!"

승우의 눈이 휘둥그레졌다. 다카시, 육부적을 정확히 알고 있었다.

"좋아요. 보여드리죠. 대신, 그냥 보기만 하는 겁니다."

"약속합니다!"

다짐을 받은 승우, 권오길을 불러 국과수 부검 영상을 가져오게 했다. usb를 컴퓨터에 꽂자 다카시의 눈이 집중되어왔다.

"으으……."

꿈틀…….

주성희의 살집에서 움직임이 이는 장면이 나오자 다카시는 벌린 입을 다물지 못했다. 처음부터 끝까지 그랬다.

"끝입니다!"

마지막 꿈틀을 끝으로 승우가 화면을 껐다.

다카시는 경련하고 있었다.

파르르, 파르르!

"답답하군요. 잠깐 밖으로 나갈까요?"

다카시가 승우를 바라보았다. 격렬한 혼란이 느껴지는 그의 모습. 장소는 꽉 막힌 조사실. 홈그라운드의 승우가 그 정도 아량을 베풀지 못할 이유는 없었다.

작은 정원의 소나무 앞에서 그는 숨을 돌렸다. 그런 다음 탄식처럼 말을 이었다.

"당신… 넷을 죽였군."

넷?

"우리 일본의 자존심과, 전후의 일본 개척의 영웅, 나아가 위대한 술법사와 오키나와의 혼……."

다카시의 말은 그게 끝이었다.

다카시!

일본 측에서는 사람을 제대로 골랐다. 그의 사상이 그랬다. 비록 승우와는 적 같은 감정으로 만났지만 일본인의 입장에서 본다면 정신줄이 제대로 박힌 인간이었다.

다카시는 매운 눈빛을 남기고 돌아갔다. 마음에 거슬리는 눈빛이었다.

'그래도 일본에 인물이 있긴 있군.'

승우는 고개를 끄덕였다.

넷!

그의 말마따나 승우는 넷을 죽인 셈이었다.

"검사님!"

그때 권오길이 돌아왔다.

"사무실로 좀 가보셔야겠습니다."

"왜?"

"그게 어떤 대학생이 날이 잔뜩 선 대검을 들고 찾아왔는데……."

"대검?"

승우가 파득 고개를 들었다.

대검!

진품이었다. 게다가 네 개였다.

갈고 또 갈았는지 날에는 무지개가 서려 있었다. 승우를 찾는 사람은 명문대 재학 중인 25살의 이계훈이었다.

"일어서요!"

승우는 사무실 앞에 주저앉은 이계훈을 세웠다. 그는 꾸벅 인사부터 올렸다.

"나를 찾아왔다고?"

"예, 검사님!"

그는 승우를 알고 있었다. 하긴 공항에서 방송을 뜨겁게 달군지 얼마 지나지 않은 시간이었다.

"그건 이리……."

승우가 손을 내밀었다. 대검이라면 흉기에 속한다. 지니고 있는 것만으로 처벌할 수는 없지만 검찰청에는 어울리지 않는 물건이었다.

"이걸 왜 가지고 다니는 거지?"

"그게… 악귀를 쫓을 수 있다고 해서……."

"악귀?"

"예. 동서남북에 꽂고 잡귀를 겁주면 사람에게 붙은 귀신이 떨어진다고……."

"그럼 학생 몸에 귀신이 붙었단 말이야?"

"제가 아니고 제 여자친구입니다."

"여자친구?"

문 앞까지 나온 유 계장과 수사관들이 고개를 들었다.

"검사님!"

다시 털썩 무릎을 꿇는 이계훈.

"제발 살려주세요. 제 여자친구한테 귀신이 붙었습니다."

"이봐, 학생……."

"확실하다고요. 그렇지 않고는 그렇게 변할 리가 없습니다."

"……."

"검사님, 제발 도와주세요. 저는 윤애가 없으면 죽습니다. 그런 노땅한테 뺏길 수는 없단 말입니다."

노땅?

그건 나이 먹은 남자를 지칭하는 말. 이계훈의 얼굴에는 절박함과 간절함이 가득해 보였다. 게다가 헛소리를 할 정신 상태도 아닌 것 같은 행동거지…….

이 대학생에게는 무슨 일이 있는 걸까?

어째서 시퍼런 대검을 네 개나 싸들고 온 걸까?

6장

환생 피살녀

조사실로 자리를 옮겼다. 네 개의 대검에는 방위별 부적 문양이 새겨져 있었다.

"용한 스님이 주신 처방입니다."

이계훈이 말했지만, 듣지 않아도 알 것 같았다. 조악한 방매와 퇴마의 글자 안에는 신기가 없었다. 그저 돈을 위해 휘갈긴 낙서(?)에 불과했다.

무속의 단점이다. 어떤 안전장치도, 인증장치도 없다 보니 아무나 무속인입네 사기를 쳐도 구분할 길이 없었다.

"스님이라면 절?"

승우가 묻자 이계훈이 고개를 저었다.

"수행을 위해 속가에 내려온 분이래요. 저희 학교 뒤에……."

"……."

"그래도 비싸게 산 거예요."

"칼도 스님이 내주고?"

"칼은 저보고 구해오랬어요. 기왕이면 무시무시한 걸로… 그래야 잡귀가 겁을 먹고 달아난다고……."

푸헐!

"돈은 얼마나?"

"100만 원……."

"……."

학생에게 100만 원이라면 적지 않은 돈…….

"일단 무슨 일인지부터 얘기해 봐."

승우가 고개를 들었다.

"고맙습니다. 실은 경찰서에도 갔었는데……."

문전박대를 당했다. 다행히 대검은 가지고 가지 않아 압수는 면했단다.

"다른 데 가보라고 했겠군?"

"예."

"병원?"

"네……."

"시작할까?"

승우가 다시 기회를 주었다.

이계훈과 노윤애.

이계훈이 군 제대 직후에 만났다. 둘은 너무너무 잘 통했다. 아직까지 흔한 싸움 한 번 없었다. 너무 잘 통해서 천생연분이란 걸 믿게 되었다. 친구들 사이에도 베스트 모범 커플로 통할 정도. 오죽하면 연애의 스킬 좀 알려달라는 친구들까지 있는 판이었다.

"그런데……."

후우!

이계훈의 목소리에 깊은 한숨이 섞여 나왔다.

그러니까 그들의 퍼펙트한 사랑에 금이 가게 된 날은 하필이면 노윤애의 생일날이었다. 나중에 알았지만 그녀가 태어난 시각이었다.

오후 3시.

태어난 시부터 노윤애는 완전히 맛이 가버렸다.

"생일 날… 그리고 태어난 시라?"

승우가 확인 차 물었다.

"틀림없어요."

똑 부러지게 대답하며 고개를 끄덕이는 이계훈.

"그것도 저희 집 가까운 도로의 작은 꽃가게……."

꽃가게!

정말 작은 꽃가게였다. 작은 상가 건물의 끄트머리 구석에 위치해 모르는 사람도 많았다. 노윤애의 생일날, 이계훈은 강의가 없었고 노윤애는 일찍 끝났다. 이계훈의 집 근처에서 만났다. 거기 있는 할머니 보쌈을 윤애가 좋아했다. 그걸 1차로 먹고 시내로 나가 작은 이벤트를 열 생각이었다.

이계훈은 그 가게에서 꽃을 샀다. 주인은 여자가 아니라 60대 선한 인상의 남자. 남자지만 꽃과 잘 어울리는 사람이었다.

"꽃 예쁘다!"

꽃다발을 받아든 윤애는 정말 좋아했다. 선물을 한 이계훈도 기뻤다.

"포장 잘했네? 어디서 산 거야?"

윤애가 묻자 이계훈은 그 꽃집을 가리켰다.

"저기!"

때마침 꽃가게 아저씨 채병길이 문 밖으로 나왔다. 그는 가게 앞에 내놓은 화분에 물을 주고 있었다. 평범한 키에 살짝 굽은 등……. 60대의 아저씨였지만 분위기는 있어 보였다.

그런데!

거기서 문제가 생겼다. 채병길을 본 윤애가 꽃다발을 떨어뜨린 것이다.

"……."

그녀, 놀라고 있었다. 그것도 격렬하고 지독하고.

"윤애야!"

이계훈이 꽃다발을 집어 드는 사이, 더 놀라운 일이 벌어졌다. 윤애가 그 아저씨에게 성큼 다가선 것이다. 더욱더 놀라운 건 노윤애가 손을 뻗어 아저씨의 얼굴을 만진 것이다. 그 자신 금세라도 무너질 듯 와들와들 떨면서도……

"진짜 놀랐어요. 나이 먹은 아저씨를 막 만지는 것도 그렇고……. 그렇게 떠는 것도 그렇고……."

설명하던 이계훈이 고개를 저었다.

"보아하니 너희 집 쪽이 처음은 아닌 것 같은데 그 아저씨와는 처음이었나?"

승우가 물었다.

"아뇨. 그러니까 제가 더 놀란 거죠."

"……?"

"자주는 아니지만 몇 번은 봤거든요. 그 아저씨가 가끔 가게 앞에 나와 물도 주고 꽃도 받곤 하니까요."

"그런데 그날 갑자기 그랬다?"

"네. 그러고는 그대로 기절해 버렸어요."

"기절까지?"

"너무 놀라서 119를 불러 응급실에 옮겼는데……."

이계훈은 계속 말을 이어갔다.

"간호사가 진료비 먼저 내고 오라고 하더라고요. 그래서 원무과에 다녀왔더니… 윤애가 없는 거예요."

"응급실에서 사라졌다?"

"병원을 전부 뒤졌지만, 어디로 갔는지… 안 보여요. 침대

밑에도, 화장실에도······."

"······?"

"병원 측에서 CCTV 화면을 확인해 줬는데 윤애가 나가는 게
보였어요. 정신 차린 후에 링거줄까지 혼자 다 빼버리고······."

"······."

"전화기를 제가 가지고 있었기 때문에 윤애 하숙집으로 갔
는데 없어요. 윤애 부모님들은 해외여행을 가 있었거든요. 친
구들에게 연락해도 연락 안 왔다고 하고요. 그래서 터덜터덜
집으로 돌아오는데······."

거기······.

그 꽃집······.

그 앞에 그녀가 있었다. 마치 넋이 나간 듯, 혹은 갓 세상에
태어난 백지의 얼굴인 듯한 표정으로······.

"윤애야!"

···하고 불렀지만 대답하지 않았다. 붙잡고 흔들어도 마찬가
지였다. 그녀의 시선은 오직 꽃집에 꽂혀 있었다. 그 창 안, 꽃
을 만지는 채병길에게로.

그게 시작이었다. 노윤애가 변한 것이다. 그렇다고 기억상
실증 같은 것도 아니었다. 그는 이계훈을 알아보았고 학교에
도 나갔다. 친구들도 만났다.

다만!

다만 한 가지······.

그녀의 관심은 늘 채병길에게 가 있었다. 심할 때는 강의 도중에도 나가 꽃집으로 가곤 했다. 나이든 늙은 주인의 얼굴을 만지는 건 예사였다. 얼굴을 쓰다듬다 턱 아래를 만지기도 했다. 채병길은 그때마다 손을 저었지만 싫은 내색은 아니었다. 그다음부터는 은근히 안아주는 일까지 발생하게 되었다.

"여친이 꽃집 주인을 좋아한단 말인가?"

승우가 고개를 들었다.

"그건 모르겠지만 아무리 말리고 사정을 해도 툭하면 거기로 가요. 저번에는 그 아저씨 뒤를 몇 시간이나 따라다니기도 했고요."

"따라다닌다?"

"그 아저씨도 나쁜 인간이에요. 자기 나이가 몇 살인데……. 윤애가 그러면 대차게 내쳐야 하는데 은근히 즐기는 거 있죠? 얼만 전에는 아예 커피까지 타놓고 기다리더라고요."

60대의 남자…….

자기 좋다고 찾아오는 20대 초반의 젊은 여자…….

마다할 리가 없었다. 밑져도 이익이 아닌가?

"그 아저씨에게 따지기도 하고 윤애에게 최후 통첩도 했지만 아무 소용이 없어요. 어떻게 보면 그 아저씨가 무슨 주술 같은 걸 걸어서 윤애를 홀리고 있는 것 같기도 하고요."

"주술?"

"꽃을 파니까 마취향 같은 거요. 여자를 홀리는 향도 있다잖아요."

"……."

"하다하다 안 돼서 스님을 찾아간 거예요. 이 비방을 쓰면 윤애가 제 곁으로 돌아올 거라고 해서 100만 원씩이나 들였는데……."

효험이……

이계훈의 고개가 맥없이 떨어졌다.

"그게 단가?"

"뭐라고 중얼거린 말이 있긴 해요."

"어떤 거지?"

이 사람… 알 것 같아…….

이 사람… 알고 싶어…….

이 사람… 알아야 해…….

"뭐 그런 말이었는데 그게 말이 돼요? 저랑 사귀고 있으면서 말이에요."

알고 싶다?

난해한 말이었다. 더구나 60대… 혹 플라워 디자인의 명인 같으면야 그럴 수도 있다지만 골목의 작은 꽃가게 주인. 나아가 처음 본 것도 아니고 이미 안면이 있던 상황…….

"최근에 거기서 사람이 죽거나 한 건 없고?"

"예……."

"두 사람이 혹시 최근에 이상한 경험을 한 적은? 아니면 여친 혼자라도?"

"없어요."

없다?

승우는 그때까지 메모한 내용을 정리했다.

—생일날!

—태어난 시각!

—꽃다발!

—60대 아저씨!

—알고 싶어!

"내가 한번 나가보지."

승우가 말했다. 이계훈의 말을 액면 그대로 믿지 않는다고 해도 석연찮은 점들이 많았다. 그러니 현장 확인 내지는 사람을 직접 만나보는 길밖에 없었다.

"꼭 부탁드립니다!"

이계후은 인사를 몇 번이나 하고서야 조사실을 나갔다.

60대 꽃집 아저씨와 20대 초반의 여대생.

푸훗!

웃어서는 안 되지만 도무지 감이 안 잡히는 매칭이었다.

햇살 짤랑이는 오후에 이상한 꽃다발이 하나 도착했다. 꽃의 여왕 모란이었다. 자주빛이 강렬한 꽃. 활짝 핀 딱 한 송이였다. 안에 꽂힌 쪽지에는 '파이팅'이라는 메모만 있었다.

딱 한 송이.

누굴까?

궁금하지는 않았다. 요사이 엄청난 꽃다발을 받은 탓도 있지만 빠라끌리또들의 전략이 이런 것이기 때문이었다. 주의를 끄는 선물. 그리고… 문자나 전화가 뒤따른다.

제가 꽃 하나 보냈지 말입니다.

인상적인 기억을 남기려하는 수작들이다.

혼자 중얼거릴 때 진짜 문자가 들어왔다.

그럼 그렇지.

이번에는 또 어떤 빠라가 저렴한 잔머리를 굴린 것일까 싶었는데…….

—쓸 만한 검사님에게—꽃 보낸 사람 유정하.

모란의 주인공은 유정하였다.

—테이크아웃 커피 몇 잔 보내도 될까요? 지나다 보니 건너편 커피 전문점인데…….

문자가 이어졌다.

—말씀만으로도 충분합니다.

승우가 답했다.

—생각보다 여유가 없으시군요.

그녀가 도발한다.

여유라…….

잠시 답문을 멈췄다. 이럴 때 이 여자는 뭐라고 나올까?

―성의표시조차 못 받아들이시다니…….

―커피 몇 잔도 뇌물인가요?)

―낭만 없으시네요.

몇 가지 시나리오가 스쳐갔지만 그녀는 그중 어느 것도 선택하지 않았다. 그렇게 5분이 지나갔다. 그리고 10분…….

이 여자 봐라?

남자의 오기는 참 어이없는 생물이다. 괜한 일로 불뚝 성을 내곤 한다. 이럴 때 보면 남자의 오기와 물건은 닮은꼴이 많았다. 그 물건도 이유 없이 불뚝거릴 때가 있으니까. 그러고는 한참 동안 가라앉지 않으니까.

하지만!

이제는 어떤 대응도 할 수 없다. 소위 유효 타이밍을 놓친 것이다.

그런데, 그때…….

―마지막 기회를 드릴게요. YSE냐 NO냐? 선택하세요.

문자가 다시 들어왔다. 승우 속을 빤히 보는 것만 같았다. 당연히 NO였지만 YES 쪽으로 기울고 말았다.

―내가 나가죠.

그렇게 그녀를 다시 만났다. 그녀는 가게 앞에 세워둔 노랑 포르쉐 앞에 서 있었다. 목에 얇은 스카프를 두른 상태였다.

살포시 날리는 스카프가 차와 조화를 이루고 있었다. 그 덕분에 속옷도 노랑일까 엉뚱한 생각까지 하고 말았다.

"받으세요!"

그녀, 이미 준비한 컵 캐리어를 내밀었다. 여섯 개씩 두 개였다.

"내 건 어떤 거죠?"

승우가 물었다.

"전부 다요."

그녀가 웃음은 여전히 도드라진다. 활기참과 도도함이 어우러진 미소가 꽃을 닮아 보였다. 그런데 그녀의 차 안에는 실제로 꽃다발이 있었다. 열두 잔 커피처럼 풍성하게 포장된……

"아, 원래는 저걸 샀었어요."

그녀가 승우를 바라보았다.

"그런데… 괜히 싫더라고요. 그래서 한 송이짜리로 바꿨어요."

"……"

"뭐 억울하면 저걸로 가져가셔도 되요. 내가 그것밖에 안 되냐 하는 마음이 들거들랑……"

"커피 꽃으로 대신하죠."

승우는 열두 잔 커피를 들어 보였다.

"갈게요."

그녀가 돌아섰다. 바쁘실 텐데……. 그 말 앞에는 의례용 단어들이 뭉툭 잘려 나가 있다. 맺고 끊음이 확실한 여자였다.

그런데…….

"……?"

잘못 봤을까? 돌아서는 그녀의 그림자…….

그림자…….

부릉!

유정하는 그대로 멀어졌다. 어떤 추파나 액션도 없었다. 하지만 승우의 기억에는 커피향처럼 남은 게 있었다. 그림자였다. 유정하의 그림자…….

'잘못 봤을까?'

승우는 고개를 저었다. 그런 다음에 보행자들의 그림자를 바라보았다. 멀쩡했다. 그림자는 주인을 따라 움직인다. 주인이 걸으면 걷고, 멈추면 선다. 색깔도 한결 같다. 그 주인이 제아무리 개성이 있대도 그림자까지 개성을 가질 수는 없었다.

그런데!

유정하의 그림자는 그랬다. 마치 그림자에 명암이 들었달까? 그림자 안에 안개가 들었달까? 어쩐지 좀 더 투명하고 어쩐지 나른해 보였다.

햇빛 각도 때문이겠지.

승우는 가만히 서서 제 그림자를 돌아보았다.

어릴 때 이후로, 아주 오랜만에, 진지하게 보게 되는 그림자였다. 그림자를 보는 사이에 벙거지의 중년 아줌마가 뒤를 스쳐 갔다. 승우는 그녀를 보지 못했다.

퇴근길에 꽃가게로 향했다.

승우는 이제 알고 있다. 진정인이나 피해자들의 심리상태. 수사관들은 바쁘지만 그들은 일초 일초에 목을 매며 산다. 결과를 기다리는 하루가 십 년 같은 것이다. 더구나 이계훈 같은 경우라면 더욱 그럴 일이었다.

변심한 애인!

그를 기다리는 마음…….

애가 탄다는 건 그럴 때 맞춤한 말이었다.

〈식스 해피〉

저만치로 낡은 꽃가게 간판이 보였다. 간판이랄 것도 없는 거였다. 멀찌감치 차를 세우고 승우가 내렸다.

"민민!"

승우가 부르자,

"밍글라바!"

언제나 그렇듯 민민이 청량하게 인사를 해왔다.

"밍글라바!"

"악령은 없어요."

이제 척하면 통하는 승우와 민민. 민민이 팔랑거리며 말했다. 승우 역시 더불어 확인을 했다. 꽃가게는 작았고 그 앞은 화분이 보초를 서고 있었다. 열어둔 문 안으로 오가는 주인 채병길이 보였다. 언뜻언뜻 드러나는 모습을 그저 평범한 중 늙은이에 불과해 보였다.

식스 해피……

식스틴 해피를 잘못 쓴 거 아닐까 싶었다. 늙어도 멋지게 늙자. 그게 요즘 좀 나가는 중년들의 지향이니까.

잠시 후에 그가 밖으로 나왔다. 휘파람을 불며, 화분에 물을 주고 있다. 보통 키에 살짝 굽으려 하는 허리……. 멜빵바지를 걸친 몸은 정말 특별한 구석이 없었다.

영기는 전무!

빙의도 없음!

그때, 그가 문득 고개를 들었다. 그러더니 얼굴이 환하게 펴졌다. 승우는 그의 시선이 향하는 곳을 따라 얼굴을 돌렸다. 거기 한 여자가 있었다. 하얀 히아신스 같은 블라우스에 스판 청바지를 입고 등장한 여자. 이계훈이 말하던 노윤애였다.

그녀의 눈은, 정말이지 딱 채병길에게 꽂혀 있었다.

알고 싶어…….

알아야 해…….

그렇게 말하는 눈빛으로!

＊　　　＊　　　＊

승우는 큰 차 뒤로 슬쩍 몸을 감췄다. 이계훈의 말을 확인하기 위해서였다.

노윤애는… 처음에는 그냥 석고상처럼 한자리에 서 있었다. 그러더니 이윽고, 채병길을 향해 걸음을 옮겼다. 아주 가까이 다가갔다.

"왔어?"

채병길이 웃었다. 늙은 남자의 미소. 그건 명백한 추파였다.

"……."

윤애의 시선은 그의 얼굴에 꽂혀 있었다. 그리고 고개를 저었다. 어쩌면 불안해 보이기도 했고, 또 어쩌면 골똘해 보이기도 했다.

"꽃 보려면 들어가."

채병길이 꽃집을 가리켰다. 그래도 노윤애는 움직이지 않았다. 남자의 표정은 시시때때 변하지만 여자는 지켜볼 뿐이다. 마치 실험의 반응을 지켜보는 연구원처럼……

노윤애의 시선은… 점점 간절해졌다.

그러더니 문득 채병길에게 다가가 팔뚝을 잡아당겼다. 그리고 그 팔에 얼굴을 묻고 냄새를 맡았다. 놀라운 일은 그때 일어났다. 그의 체취를 맡던 노윤애. 악몽이라도 떠오른 듯 찢어지는 비명을 지른 것이다.

"까아악!"

승우도 놀라긴 마찬가지였다.

왜?

갑자기 돌변을 한 건가?

"까아악!"

비명은 멈추지 않았다. 당황한 채병길이 그녀를 진정시키려 했지만 오히려 나뒹굴고 말았다. 노윤애가 엄청난 힘으로 그를 밀어버린 것이다. 그녀는 화분을 집어들더니 채병길에게 집어던졌다. 하나도 아니었다.

"나쁜 놈, 나쁜 노옴!"

여자의 입에서 쇳소리가 나왔다. 항거라도 하듯 필사적이었다.

"이, 이봐. 대체 왜 이러는 거야?"

채병길은 혼비백산이다.

"닥쳐. 이 나쁜 놈. 이 살인마!"

여자가 악을 썼다. 살인마란다.

후웅!

순간 승우의 신통력이 작렬했다. 이 여자, 빙의일까?

"……?"

아니었다.

여자 역시 잡스러운 영기 하나 느껴지지 않았다.

"으아악, 이제 알았어. 니가 나를 죽였어. 나를 죽였다고!"

채병길의 멱살을 부여잡고 몸부림을 친 노윤애가 풀썩 쓰러졌다. 그러고는 발작이다. 안에서 불뚝거리는 힘을 육체가 지탱하지 못하고 있었다.

띠뽀띠뽀!

119 구급대가 달려왔다. 승우가 불렀다.

뭘까?

대체 무슨 일이 일어나고 있는 걸까?

악령이나 빙의가 아니니 상식적인 수준으로 접근해 보았다. 통상 이런 경우라면 대개 정신질환이나 발작 쪽이었다. 아직 나이 어린 노윤애. 갑자기 이계훈이 안됐다는 생각이 들었다. 그녀가 정신병이라면…….

둘을 한꺼번에, 한자리에 보게 되면서 시간이 절약되었다. 집에 가기도 빠른 시간이라 이모에게 전화를 걸었다.

"어머어머, 송 검사!"

이모는 한달음에 달려왔다.

"아유, 대충하고 나와서 송 검사 프라이드에 먹칠하는 건 아닌가 몰라."

말쑥한 차림이지만 이모는 황송한 얼굴이었다.

"그러지 않으셔도 돼요. 검사가 뭐 별거라고……."

"무슨 소리야? 그게 언니의 얼마나 간절한 소원이었는데……."

이모의 목소리의 꼬리가 높아졌다.

"뭐 드실래요?"

승우가 물었다.

"나야 뭐… 송 검사가 사주는 거라면 뭐든지 오케이!"

이모의 마음은 하늘에 붕 떠있다. 어쩌면 이모, 승우를 하늘로 알고 있을 지도 모른다. 그런 사람에게 뭘 사줘야 하는 걸까? 승우의 마음이 옛날로 달려갔다.

이모 강세희……

그녀는 승우가 어릴 때도 이런 사랑을 주었다. 엄마가 바쁘거나 할 때 승우를 맡긴 적이 있었기 때문이었다. 예를 들면 놀이공원 같은 곳. 갑작스레 귀한 손님이 찾아오면, 엄마는 승우랑 노는 임무를 이모에게 건네주었다. 이모는 그때마다 최선을 다했다.

그때… 이모는 뭘 좋아했던가?

기억이 가물거린다. 하지만 승우, 기어이 이모의 메뉴를 찾아내고 말았다.

'쫄면!'

쫄면이었다.

나는 쫄면이 제일 좋아.

분명히 그렇게 말했었다. 승우가 자장면을 먹는 모습을 보며… 입가에 묻은 자장을 연실 닦아주며…….

"잠깐만요."

잠시 딴전을 부리며 나수미에게 전화를 걸었다. 쫄면 같은
건 나수미가 강했다.

"어머!"

그렇게 찾은 쫄면 전문점에 들어서자 이모가 화들짝 놀랐
다. 푸근한 실내 장식에 정감이 넘치는 오랜 시간의 흔적……
주방에 버티고 있는 주인도 이마에 주름이 썩썩 그어진 할머
니였다.

"어때요?"

쫄면이 나오자 승우가 물었다.

"송 검사……. 맛있어."

이모 눈에 이슬이 고였다.

"여기 괜찮다던데 많이 드세요."

승우가 그릇을 밀어주었다.

"그거… 기억하고 있었어?"

"뭐요?"

"내가 쫄면 좋아하는 거?"

"그럼요. 내 이모잖아요?"

"……"

이모의 말문이 턱, 막히는 게 보였다.

"드세요!"

승우는 고개를 숙이고 쫄면을 먹었다. 그 사이에 웬 세월이
이리도 많이 흘렀을까? 이제는 어쩐지, 어린 이모를 눈앞에

둔 기분이었다. 이렇게 아이처럼 변하다니…….

"커피는 내가 쏘면 안 될까?"

식사를 마친 후에 이모가 물었다. 승우는 물론, 콜을 받았다.

"마셔, 오늘 로스팅한 거래."

이모가 팔랑팔랑 커피 두 잔을 가져왔다.

"고맙습니다."

"송 검사……."

"예?"

"고마워."

"뭐가요?"

"그냥 뭐든지 다…….."

"이모님도…….."

"아유, 지지리 복도 없는 우리 언니. 이런 아들 여기다 두고 저기서 잠이 오나 몰라?"

"그러게요."

"그리고… 그거 너무 멋졌어. 위안부 사건…….."

"아, 네…….."

"내 친구들도 난리더라고. 사실, 송 검사 찾아가서 밥 쏘고 싶다는 거 내가 다 막았어. 왠지 알아?"

"왜죠?"

"그게 말이 돼? 나도 마음대로 밥 못 사는 송 검사인데 지들이 뭐라고……."

이모의 머릿속은 단순명료했다.

"그런데……."

차를 비워내던 승우가 말꼬리를 늘였다.

"왜?"

"혹시 엄마가 쓰던 물건 같은 거……. 더 있나요?"

"또 뭐가 필요해?"

"그건 아니고… 그냥요."

"알았어. 내가 해외여행 다녀온 뒤에 짐 좀 뒤져볼게."

"여행가세요?"

"응? 그게……."

"어디 가시는데요?"

승우가 추임새를 넣었다.

"전생여행."

이모 입에서 뜻밖의 말이 튀어나왔다.

"전생여행요?"

"내 친구 하나가 그런 거 좋아하거든. 뭐 지가 전생에 캄보디아의 왕비였다나? 그래서 거기 가보고 싶다는 거지 뭐야. 다른 사람에게 말해봤자 씨도 안 먹히는데 나는 그런 거 잘 받아주잖아? 그래서 끌려가는 거야. 좀 걸릴 거 같아."

—전생여행…….

—전생을 확인하러 가는 사람…….

테마치고는 매력적이었다.

"그럼 이모는 전생이 뭐래요?"

또 슬쩍 관심을 보여주는 승우.

"나는……."

이모는 얼굴을 붉히며 뒷말을 이었다.

"기분 나쁘게 전생이 고려 왕비의 하녀였다네?"

"푸하하핫!"

승우, 자신도 모르게 웃음이 튀어나왔다.

"송 검사도 웃기지?"

"아뇨. 그분 제가 좀 만나 봐야겠는데요? 우리 이모님을 그렇게 폄하하다니… 명예훼손으로 확 구속해 버릴까요?"

"어머, 그래도 구속까지는……."

"농담입니다. 화장실 좀 다녀올게요."

"그래, 천천히 다녀와."

말은 그렇게 했지만 승우가 들린 곳은 ATM이었다. 그렇잖아도 아무것도 보답하지 못한 이모. 그러니 때마침 잘된 일이었다.

얼마를 찾을까?

잠시 생각하다 100만 원 세 번을 눌렀다.

'내가 캄보디아 보내드리는 셈치면 되지.'

승우는 빳빳한 5만 원권을 봉투에 담았다.

—송 검사!

집으로 돌아가는 길, 이모에게 전화가 왔다. 가방 안에 몰래 넣어둔 봉투, 그걸 이제야 본 모양이었다.

—이거 웬 돈이야? 송 검사가 넣었지?

"네!"

—왜 그래? 웬 돈을 이렇게 많이…….

"이모님!"

—응?

"가서 팍팍 쓰면서 그 친구 기를 팍 죽여주세요. 누가 진짜 왕비였는지 보여드리시라고요."

—송 검사…….

착한 이모. 전화기 너머에서도 눈물이 글썽거리는 게 보였다.

"그럼 잘 다녀오세요."

전화를 끊었다. 하나뿐인 이모. 동시에 늘 승우를 걱정하고 챙겨주는 이모. 그런 그녀에게 300만 원쯤은 정말 아무것도 아니었다.

"그렇지 민민?"

승우가 묻자, 조수석의 민민도 푸른 불을 반짝이며 고개를 끄덕여주었다. 민민은, 승우 편이다.

* * *

늦은 밤!

승우는 생수를 새로 딴 물로 코끼리들을 씻기고 있었다. 샤워를 마치고 나왔을 때 민민이 한 말 때문이었다.

코끼리들도 샤워를 좋아해요.

원래 아웅 마신은 매월 그믐 날, 파고다 사이에서 나는 샘물로 코끼리들을 씻겼다고 한다. 달력을 보니 마침 그믐이기에 코끼리들을 꺼내놓았다.

흰 코끼리와 검은 코끼리를 전부 꺼내놓으니 거실 테이블이 꽉 차보였다. 마음이 그렇다. 사실 코끼리들은 다 모아야 한 주먹밖에 되지 않는다.

작은 놈부터 물을 적셨다. 워낙 작아 씻기기도 쉽지 않았다. 승우는 면봉에 물을 적셔 사이사이의 티를 제거해 주었다.

"끝!"

다 씻긴 걸 샴펙나무 목곽에 넣자 놀라운 일이 벌어졌다. 코끼리가 실제 크기로 커지며 시원하게 포효를 뿜은 것이다. 그런 다음 승우와 민민에게 꾸벅 인사를 했다. 고맙다는 의미였다.

"오호!"

승우의 눈이 휘둥그레졌다.

"뭐 보통 코끼리들이 아니잖아요?"

민민이 어깨를 으쓱해 보였다. 제가 생각해도 뿌듯한 모양이었다. 열두 마리 코끼리를 다 씻기고 잠을 청했다.

이른 아침.

딩디로룽디롱!

전화벨이 알람보다 먼저 울렸다. 차도형이었다. 이른 아침이나 늦은 밤의 전화는 언제나 달갑지 않았다.

"여보세요!"

전화를 받자,

─검사님!

익숙한 목소리가 쏟아져 나왔다.

"뭐 터졌어?"

─그건 아닌데… 아닌 것도 아닌 것 같고…….

"무슨 소리야?"

─제가 조서 정리할 게 있어서 방금 출근했거든요.

"왜 이렇게 빙빙 돌려? 빨리 결론부터 말해."

─검사님 손님이 있어서요.

"나?"

─네…….

손님?

설마 유정하?

하지만 그녀는 아니었다.

─어제 찾아왔던 그 대학생입니다.

"이계훈이라는 친구 말이야?"

─예, 그런데 이 친구가… 새벽부터 와서 검사님을 기다리고 있는 것 같습니다.

"……!"

─쫓아버릴까요?

"……."

─검사님?

"지금 어디 있어?"

─정문 앞에요.

"사무실에 데려다 놔."

─예?

"바로 나갈게."

그렇게 전화를 끊었다.

폭풍질주의 20대…….

그때 하는 순수한 사랑, 그때만 누릴 수 있는 순수……. 그 사랑이 깨질 때의 기분은 어떤 걸까? 그걸 막기 위해 비방까지도 서슴지 않은 이계훈이 아닌가?

어젯밤…….

그는 또 하나의 청천벽력을 만났을 것이다.

〈정신질환.〉

노윤애는 그렇게 판정이 났겠지. 그랬기에 또 승우를 찾아왔을 일. 무속검사의 조언이 필요해서. 물에 빠졌으니 지푸라기라도 잡으려고…….

하지만 오늘 승우가 준비한 건 지푸라기가 아니라 냉혹한 충고가 될 것 같았다. 실패 또한 젊은이가 개척해 나갈 소중한 자산. 한없는 하소연과 놀아줄 시간은 없었다.

"검사님!"

주차장에 도착하자 차도형이 다가왔다.

"이계훈은?"

"사무실에 가 있으랬는데 말을 안 듣고……."

차도형이 돌아보았다. 저만치, 이계훈이 보였다. 승우가 다가가자 그는 꾸벅 인사를 해왔다.

"따라와."

승우는 이계훈을 데리고 조사실로 들어갔다.

"일찍부터 나를 기다렸다고?"

의자를 당겨 앉은 승우가 물었다.

"죄송합니다."

"괜찮아. 그래 할 말이 뭐야?"

"어제 일은 고맙습니다. 윤애를 병원에 옮겨주셔서……."

"그거야 119가 한 일이고……."

"병원에서 아무래도 윤애가 정신질환이 의심된다고……."

"……."

예상하던 일이었다.

"윤애 부모님이 해외에서 귀국하는 중이라기에 제가 윤애 곁을 지켰습니다."

"……."

"밤새 혼자 중얼거렸어요. 윤애……."

"……."

눈물을 훔친다. 그렇겠지. 억장이 무너지고 또 무너지고 있겠지.

"처음에는 그저 안타깝기만 했는데 듣다 보니……."

이계훈이 핸드폰을 꺼내 들었다.

"어떤 간호사가 동료와 수군거리더군요. 이 환자 전생여행 같은 걸 하는 게 아니냐고……."

"전생여행?"

"믿고 싶지 않지만 하는 말 너무 구체적이라 검사님께 들려드리려고……."

"녹음이라?"

"검사님 바쁘신 거 저도 압니다. 다시는 귀찮게 하지 않을 테니 한 번만 들어봐 주세요."

"……."

난감했다. 이계훈은 진지하고 상황은 딱하고…….

별수 없이 오케이를 내리고 말았다. 좋은 검사는 피의자의 말을 잘 들어주는 것도 중요하기 때문이었다. 비록, 이계훈이 피의자는 아니지만…….

―아빠!

녹음기에서 흘러나온 소리는 그것이었다.

그리고……

―나를 죽인 범인을 찾았어요. 빨리 경찰을 데리고 〈식스 해피〉라는 꽃집으로 가세요!

나를 죽인 범인.

산사람의 입에서 반복되는 처절하고 다급한 소리. 그러나 논리적으로 이해할 수 없는 소리. 녹음 파일 안에서는 노윤애의 다급한 목소리가 쉴 새 없이 이어져 갔다.

살인!

범인!

그리고……

*   *   *

―죽였다고요!

―저 사람이 나를……

―아빠… 아빠……. 어디 계세요. 아빠… 도와주세요…….

목소리. 애타는 목소리…….

간절하다. 미치도록 간절하다.

마치 진짜 범인을 앞에 두고 말하는 사람처럼…….

"여기를 들어주시면……"

어느 정도 파일이 진행되자 이계훈이 주의를 환기시켰다. 이어서 굵직한 남자 목소리가 나왔다.

―윤애야!

아버지 목소리로 들렸다.

―아빠… 아빠… 범인이 여기 있어요. 나를 죽인 범인요.

―윤애야, 정신 차려라. 아빠 왔다.

―아빠… 아저씨 말고요 우리 아빠요.

―이것아, 이분이 아빠지 누가 아빠야.

엄마 목소리도 끼어든다.

―아빠… 아빠… 도와줘요. 범인을 찾았어요. 나를 논바
닥에 쓰러뜨려요. 등이 아파요. 바닥에 깨진 병이 있어요. 아
빠… 저 인간이……. 저 인간이 내 속옷을 벗겨요. 내 파란
속옷 냄새를 맡아요. 아빠…….

톡!

거기서 이계훈이 파일을 꺼버렸다. 승우가 고개를 들었다.

"이후는 비슷한 얘기라서……."

"하고 싶은 말이 뭐야?"

시선을 바로 한 승우가 되물었다.

"이상한 말을 하길래 윤애를 흔들어 물어봤는데……."

그녀 입에서 나온 아버지 이름이 달랐다.

현재 아버지는 노주일, 어머니는 박현숙.

그런데…….

그녀가 말한 아버지는 한국성, 어머니는 이수정이었다. 더
놀라운 건 자기 이름. 그녀… 자기가 한예진이라고 말했단다.

"그래서 제가 혹시나 싶어 한예진이라고 검색을 해봤는데……."

거기서 경악할 결과가 나왔다.

〈한예진!〉

23년전 세상을 떠들썩하게 흔들었던 연쇄살인 사건의 네 번째 희생자로 죽은 여자 이름과 같았다. 그것까지는 그래도 괜찮았다. 우연의 일치일 수도 있었다. 문제는 윤애가 말한 그 아버지 어머니 이름. 그것까지 일치하고 있다는 사실이었다.

"그러니까 노윤애가 자신은 노윤애가 아니고 피살된 한예진이라고 주장한다?"

"어쩌면 둘 다……."

"그리고, 한예진이었던 자신을 죽인 게 바로 꽃집 주인이다?"

"예, 이제 또렷해졌대요. 그 사람이 분명하다는 거예요."

"잠깐 기다려 봐."

승우가 차도형을 호출했다.

제대로 맛이 갔군.

내심 그런 마음도 있었지만 나온 이야기는 비교적 구체적이었다. 그러니 확인이라도 해서 보내야 이계훈의 포기가 빠를 것 같았다. 잠시 후에 차도형이 돌아왔다. 23년 전에 발생한 연쇄살인의 파일 복사본이었다.

먼저 네 번째 희생자 파일을 열었다.

〈한예진〉

이름이 나왔다. 희생자의 얼굴도 나왔다. 노윤애와는 '완전히' 다른 얼굴이었다. 그걸 보여주었다.

힐끔!

눈을 들어 이계훈의 반응을 보았다. 그도 흠칫하는 표정이었다. 가족관계도 나왔다, 부모 이름은 일치했다. 하지만 이런 건, 웬만하면 알 수도 있는 사안이었다.

그런데!

다음 장을 넘기던 승우의 손이 흠칫거렸다.

파란 속옷…….

그다음에 나온 말…….

등이 아파요.

승우는 거기서 시선을 멈췄다. 부검 결과… 그에 앞서 쓰여진 사체의 외관…….

〈등에 자상.〉

논바닥의 깨진 병에 의한 것으로 보임.

〈찢어진 파란 속옷.〉

"……"

승우의 머리에 오만 잡상이 스쳐 갔다.

이건…….

검색으로 알 수 있는 일이 아니었다. 만약 우연이 아니라면, 이런 사안을 제대로 알 수 있는 사람은 몇 되지 않았다.

1) 범인.

2) 피살자 본인.

3) 현장 목격자.

4) 부검의나 현장출동 감식반.

사건은 23년이 지났고 노윤애는 평범한 대학생. 그렇다면 그녀는 이런 정보를 손에 넣을 길이 없었다. 승우는 바로 자리를 털고 일어섰다.

"검사님!"

"앞장 서. 병원에 가보자고."

승우의 목소리는 자못 진지했다.

노윤애는 잠들어 있었다. 의료진이 진정제를 투약한 모양이었다. 그 옆에는 부모들이 있었다. 돌연한 사건으로 인해 시름이 가득하다. 승우는 신분증을 보이고 어머니 박현숙을 불러냈다. 병실은 함께 온 차도형에게 맡겨두었다.

"꽃집 주인이 고소를 했나요?"

박현숙은 걱정스러운 표정이었다.

"아닙니다. 그냥 좀 알아볼 게 있어서요."

"무슨……."

"노윤애 씨 말입니다. 신상에 대해 자세히 말해주셨으면 좋겠는데요."

"무슨 신상을……?"

"죄송하지만 혹시 양녀는 아니겠지요?"

"양녀요?"

그녀의 눈이 입을 대신해 펄쩍 뛰었다.

"그럼 어릴 때 혹시 다른 질환이라도……"

"아뇨. 그런 거 없어요. 우리 윤애는 누구보다 건강하게 자랐어요. 감기 한 번 깊게 걸린 적이 없는 걸요."

"그럼 신내렸다는 소리 같은 건?"

"아뇨, 아뇨. 자꾸 이상한 말씀하지 마세요. 우리 윤애는 이번 생일이 올 때까지 정말 착하고 적극적인 아이였어요."

"생일요?"

"검사님이 그렇게 물으시니… 이상하다면 생일 날 이후였어요."

"그 얘기를 좀 들을 수 있을까요?"

"어휴!"

박현숙은 한숨부터 쓸어내렸다. 그러고는 천천히 말을 이어 갔다.

"생일날… 계훈이를 만나고 온 후부터 좀 이상했어요. 혼자 중얼거리기도 하고, 밥을 먹다가도, 여기가 어디야 하고 묻고……"

"……"

"거울을 보면서 자기 얼굴을 만지는 모습도 좀 이상했어요. 어떤 때는 제 소지품이며 앨범을 다 꺼내놓고 넘겨보기도 하고……."

"……?"

"그러다가… 생각이 날 것 같은데 잘 안 돼… 생각이……. 하면서……."

"그것인가요?"

"요즘 취업난이 장난이 아니잖아요? 애가 스펙이니 뭐니 쌓는다고 밤을 새운 일도 많아서 무리해서 피로가 겹쳤나 했어요. 그래서 한약까지 사다 먹었는데……."

"……."

"며칠 전 우리가 해외여행 가는 날에는 그런 말도 하더라고요. 엄마, 나 언제 죽었어 하고……."

"……."

"그때 어찌나 가슴이 철렁하든지……. 그게 멀쩡히 살아 있는 애가 할 소리예요? 언제 죽다뇨? 애 아빠는 사업 때문에 잘 모르고 있어서 이번 여행길에 함께 상의를 해볼까 했었는데……. 외국 호텔에서 그 얘기 꺼내려던 참에 애가 쓰러졌다는 소식을 듣고……."

박현숙의 손수건이 눈으로 올라갔다.

다음으로 의사를 만났다.

"정신질환이 맞습니다. 좀 더 시간을 두고 관찰해 봐야 할 것 같은데 원인이 잡히지 않아 치료가 쉽지는 않을 듯합니다."

의사는 고개를 저었다.

그 사이에 노윤애가 깨어났다. 차도형의 연락을 받은 승우는 바로 병실로 들어갔다.

"아빠······."

몇 번 주변을 둘러본 윤애. 또다시 독백 같은 호소가 시작되었다.

"윤애야······."

노주일이 다가왔지만 그녀는 외면해 버렸다.

"나를 버린 건가요? 그놈을 봤다고요. 그 살인마··· 그놈이 나를··· 나를······."

"······."

승우는 노주일을 뒤로 물리고 그녀를 주목했다.

"빨리 경찰을 불러요. 그놈을 잡아야 해요. 안 그러면 또 누굴 죽일지 몰라요."

후우!

숨을 몰아쉰 승우가 그녀 앞에 신분증을 들이밀었다.

"나 검찰청 송승우 검사예요."

"검사님?"

"범인을 잡아줄 테니까 안심하고 말해 봐요."

"정말 검사님인가요?"

그녀가 거듭 물었다.

"예!"

"검사님!"

그녀는 벌떡 일어나 승우의 허리춤을 잡았다.

"검사님, 서둘러요. 그놈이 도망칠지 몰라요."

"걱정말고 말해요. 노윤애 씨는 안전하니까."

"나는 노윤애가 아닌데요?"

애써 부정하는 그녀의 눈동자는 두려움으로 가득했다.

"알았어요. 한예진 씨……."

"고마워요. 제 말을 믿어줘서……."

"꽃집 주인이 범인이라고요?"

"범인 맞아요. 저를 죽였어요. 제 속옷을 찢고 셔츠로 얼굴을 덮어씌우고요……."

"……!"

후우!

또 한 번의 한숨이 나왔다. 그 또한 한예진 보고서 파일에 있는 내용이었다.

"내 앞에 죽인 사람은 가슴을 17차례 난자를 했다고 했어요. 말을 안 들으면 저 또한 그렇게 죽일 거라고요."

17차례 난자…….

그것 역시 당시 연쇄살인 희생자 중의 한 사람에게 나온 사실이었다.

혼란스러웠다.

조각을 맞추면 당시 연쇄살인의 희생자에 근접하는 노윤애. 하지만 의사의 말에 의하면 이런 식의 정신질환도 가능하다는 거였다.

'아직 멀었나?'

승우는 시계를 보았다. 기다리는 사람이 있었다. 원래는 규리에게 도움을 받을 생각이었다. 그런데 상주보살이 다른 사람을 추천했다.

"검사님!"

승우가 노윤애의 이야기에 귀를 기울이는 사이, 차도형이 다가와 귀엣말을 건네주었다.

"도착했습니다."

이어 흰 수염 휘날리는 노인 한 사람이 등장했다. 회색의 개량한복을 입고 흰 고무신 차림으로 등장한 사람이 바로 장처사였다.

장 처사…….

자궁적출 문제로 병원에서 만났던 류 보살의 신아버지. 이 사람이 바로 상주보살이 추천한 사람이었다. 그녀의 말에 의하면 전생이나 윤회에 관련해서는 그가 우리나라 최고수에 속했다.

계속하시오.

승우 곁으로 다가온 그는 눈짓으로 말했다. 분위기를 방해하지 않으려는 뜻이었다.

"어서… 그놈을 잡아주세요. 다른 범행 대상을 찍어두었다고 했어요. 다음에… 비가 내리는 화요일이 오면 정가 성을 가진 여자를……."

비가 내리는 화요일…….

정씨 성의 여자…….

그렇다면 다섯 번째 희생자를 말하는 것이었다. 한예진 다음에 죽어 야산에 유기된…….

"어서요!"

윤애는 절박한 하소연과 애원으로 말을 끝냈다. 뒤에서 듣고 있던 박현숙은 끝내 혼절해 버렸다.

"윤애 양."

"……."

승우 옆에 있던 장 처사가 처음으로 나섰다. 윤애는 대답하지 않았다.

"예진 양……."

"네?"

자신이 주장하는 피살자 이름을 대자 그제야 반응을 한다.

"이걸 좀 바라볼래요?"

장 처사가 두 손을 모아 가만히 펼쳤다. 투명한 공이었다. 너무 투명해 비눗방울처럼 보였다.

"뭐가 보여요?"

처사가 물었다.

"제 모습요. 어릴 때 모습……."

"어디죠?"

"시골 마당이에요. 아이들과 꽃을 따고 있어요. 봉숭아물을 들이려나 봐요."

"옆에는 누가 있나요?"

"할아버지 할머니… 그리고 사촌 동생들……."

"엄마 아빠는 뭘 해요?"

"농장요… 포도농장을 하고 있어요."

"초등학교는 어디 다녔죠?"

"삼삼초요."

삼삼초. 그 학교는 한예진이 다닌 초등학교가 맞았다.

"자, 이제 분위기를 바꿔볼까요? 여기서는 뭐가 보이죠?"

장 처사는 다른 공을 꺼내 들었다.

"아무것도……."

"잘 봐요. 뭔가 보일 거예요."

"보이긴 하지만… 바로 무너져 버려요. 모두 다… 전부 다……."

"됐어요. 수고했어요."

"저기……."

장 처사가 공을 치울 때 윤애가 승우를 바라보았다.

"왜?"

"제가… 잘못된 건가요?"

정곡을 찔렀다. 그래서 바로 대답하지 못했다.

"좋아요. 뭐라고 해도 좋아요. 의사나 간호사들이 한 말처럼 정신분열이 왔어도 괜찮아요. 하지만… 그 인간… 그 인간만은 빨리 체포해 주세요. 잡아서 사형을 시켜달라고요."

"아이고, 윤애야!"

겨우 정신이 돌아온 박현숙이 윤애를 껴안으며 통곡을 터트렸다. 하지만, 그녀의 말은 점점 단호해졌다.

"미안하지만 우리 엄마 아니에요!"

"……!"

아뜩해하는 박현숙을 뒤로 하고 복도로 나왔다. 장 처사도 따라 나왔다.

"어떻습니까?"

승우가 물었다. 아직 인사도 제대로 못 나눈 사이. 하지만 그런 형식을 따질 겨를이 없었다.

"환생이 맞습니다."

"……?"

환생?

"처음부터 이전 생의 기억을 갖기도 하지만 이런 경우도 있지요. 어느 순간까지 환생을 모르고 있다가 어느 날, 문득, 어떤 계기나 충격, 경험 등을 통해 자각하게 되는 겁니다. 저 아가씨가 그런 경우죠."

"장 처사님……."

"뭐 어차피 말로는 설명이 안 되는 이야깁니다. 하지만 상주 보살 말이 송 검사님은 뭐라고 말해도 믿을 거라기에 달려오긴 했습니다만……."

장 처사가 수염을 쓸었다.

"아까 유년기 기억하는 거 보셨죠? 저 친구가 한예진이라는 걸 보여주는 증거입니다. 노윤애의 유년기는 그녀의 기억에서 사라졌어요. 그녀는… 이제 누가 뭐래도 한예진입니다."

"그런……"

"부모들도 넋이 나간 표정이잖습니까? 그건 그 사람들이 살아온 장면이 아닐 테니까요."

"한예진의 부모님이 포도농장한 거 맞습니다. 피살 직전까지도 조부모와 함께 3대를 이루고 살았고 주변에 사촌들도……."

옆에 서 있던 차도형이 도움말을 주었다.

혼란의 끝을 마무리한 건 한예진의 아버지 한국성이었다.

한국성.

승우의 지시를 받은 권오길이 긴급히 그를 데려온 것이다.

"아빠!"

노윤애는 망설임 없이 한국성 품에 안겼다.

노윤애를 본 한국성, 그녀가 한 말을 하나하나 확인한 한국성… 짧은 신음과 함께 장 처사 손을 들어주었다.

"얼굴만 다르지 머리는 내 딸이 맞습니다."

당혹함이 잔뜩 섞인 목소리였다.

그는 두려움과 공포에 떠는 윤애를 위로해 주었다. 믿기지 않지만, 믿지 않을 수도 없는 일이었다.

환생!

그리고 그녀가 지목한 23년 전의 연쇄살인범…….

더 알아볼 것인가?

아니면 전격 수사에 착수할 것인가?

승우의 결단이 필요한 시점이었다.

7장

사이코패스의 종말

전격수사!

승우의 선택은 그것이었다.

너무나 구체적인 증언이 아닌가? 그렇다면 혹 이 일이 잘못되어 파장이 일더라도 뒷감당을 할 만한 가치가 있다고 판단한 것이다.

긴급 수사관 회의가 열렸다. 동시에 채병길에 대한 신병확보와 주변 조사, 출입국금지 등의 조치를 취했다.

9명 연쇄 살인사건!

지금으로부터 무려 23년 전에 일어난 일이었다. 피해자들은 죄다 여성. 그 수법과 연령대도 무차별이었다. 여중생부터 할머니까지 당한 것이다.

사건 기록만 해도…….

셀 수도 없었다. 이때는 과학수사라는 게 겨우 걸음마 단계
이던 시절. 모든 걸 경험과 감, 촉, 자백 등으로 물증을 확보하
던 시기라 자료가 방대했던 것.

승우는 한예진의 사건을 맡고 나머지는 수사관들이 분담
을 했다. 한예진 사건은 의심의 여지가 없었다. 노윤애가 한
말은 진실이었다. 어쩌면 수사기록을 직접 보면서 말한 듯한
느낌이었다.

이 연쇄살인 사건은 후폭풍도 엄청났었다. 사건과 관련되었
던 사람들 중에서 죽은 사람이 한둘이 아니기 때문이었다.

이전에 바로 잡은 사건들 생각이 났다. 억울하게 목을 매달
아 죽었던 현재필… 그리하여 악령이 되어 관련자들을 죽음
으로 몰고 갔던 일…….

이 사건도 표면적으로는 그렇게 유추할 수 있는 여지가 있
었다. 사건을 맡았던 경찰과 고위간부들 다섯이 퇴직 후에 줄
지어 사망한 까닭이었다.

물론, 각도가 다르긴 했다. 수사관련자들만 죽은 게 아니었
다. 당시 범인으로 지목되어 수사를 받았던 용의자들도 여섯
명이나 저세상으로 갔다. 자살, 스트레스, 질병 등의 원인이었
지만 우연이 겹치고 또 겹쳤던 것이다.

그리고 비 오는 화요일…….

비 오는 화요일이 눈에 밟혔다. 당시 이 사건이 일어난 수성 일대에는 괴담이 돌았다.

'비 오는 화요일 밤에 푸른 옷을 입으면 죽는다.'

아홉 연쇄살인의 절반에 가까운 네 건이 비 오는 화요일 밤에 일어났기 때문이었다. 그러나 날씨를 들여다 보면 꼭 그렇지도 않았다. 진짜 비가 온 날은 두 건뿐이었다. 나머지 두 건은 예보가 있었지만 비는 오지 않았다.

당시에는 일기예보가 지금보다 정확하지 않았다. 그러니 뒤숭숭한 분위기가 남긴 억지 연관이라는 게 한눈에 보였다.

분석이 끝나자 수사관들은 다시 한자리에 모였다. 분석을 주도한 건 석 반장이었다. 그는 당시에도 경찰에 있었다. 한참 열정에 타오르던 경장이었던 것이다.

"어떻습니까?"

착석이 끝나자 승우가 물었다. 함께 동석한 사람은 유 계장과 권오길, 그리고 사건분석 전문수사관 두 명이었다.

"이 사건… 그때는 진짜 온 경찰 조직을 흔들었던 사건입죠."

석 반장의 목소리는 그새 비장해 있었다.

"나중에 이 사건 총괄지휘팀에 있었던 팀장과 함께 근무할 기회가 있었는데……."

석 반장은 서류를 만지작거리며 뒷말을 이어갔다.

비 오는 날…….

그리고 화요일…….

전국 경찰에는 특급 경계령이 떨어졌다고 한다. 두 번째 피살자가 풀밭에서 발견된 직후였다. 두 손이 뒤로 결박되고 입에는 재갈이 물린 채였다. 재갈은 그녀의 브래지어를 도구로 삼았다. 브래지어에는 낙서도 있었다.

내 거!

좌우 한 글자였다. 이때까지만 해도 경찰은 그처럼 긴장하지는 않았다. 통상처럼, 주변 전과자나 우범자, 그리고 성폭행을 할 만한 자들을 대상으로 놓고 수사망을 좁혀가고 있었다.

그런데!

보란 듯이 세 번째 사건이 이어졌다. 딱 32일 만이었다. 이번에는 잔혹성까지 더해졌다. 피살자의 신체를 난자한 것이다.

심상치 않다.

비로소 경찰이 긴장의 도가니에 들어갔을 때, 이번에는 그들을 우롱하듯 네 번째 사건이 터졌다. 바로 한예진 사건. 이전 사건이 일어난 지 불과 나흘만이었다.

연쇄 살인마!

마침내 언론이 그런 단어를 쓰기 시작했다. 대통령까지 나섰다. 이제는 경찰의 명예와도 관련된 이야기. 최고 수뇌부까지 나서서 일계급 특진 등의 총력 지원을 약속하며 전국적인 수사공조를 시작했다.

그러나 그뿐······.

잠시 잠잠하던 사건은 5개월이 지난 후에 보란 듯이 이어졌다.

그 사이에 용의자로 수사를 받던 사람이 농약을 먹고 자살을 해버렸다. 범인을 잡아야겠다는 강박에 의욕이 지나쳤던 경찰은 여론의 십자포화를 맞았다. 그 바람에 무리한 수사 관행 등이 고스란히 수면 위로 노출되어 버렸다.

사건이 일어난 마을 주민 전체를 조사한 것이나, 사건현장을 지나간 모든 사람을 무차별 탐문하여 피의자 취급을 한 것 등이 대표적이었다.

경찰은 이중고 앞에 직면했다. 초기, 범인 검거를 위해 협조적이던 여론이 싸늘해지고 있었다.

그 와중에 또 하나의 용의자가 결백을 주장하며 동맥을 그어 중태에 빠졌다.

못 믿을 경찰!

그 말이 나오기 시작했다. 이후 두어 건의 사건이 또 이어졌고, 경찰 수사는 여전히 답보상태에 빠졌다. 나는 연쇄살인범에 기는 경찰······.

언론의 조롱은 날로 수위를 더해 갔지만 피해자 가족의 절망은 끝없는 수렁으로 밀려 내려갈 뿐이었다.

그리고······.

23년의 세월이 흘렀다.

사람들은 이제 그날을 잊어갔다.

그러나 그건 착각이었다.

잊은 사람은 '타인들'뿐이었다. 피해자의 가족들은, 여전히, 지금도, 그날의 악몽 속에서 벗어나지 못했다. 망각은, 그들의 일이 아닌, 제3자들의 희망사항에 불과했던 것이다.

"그때 저도 경찰 생활 위기였습죠. 경찰에 대한 국민들 비난에 옷을 벗고 다른 길을 갈까 생각도 했으니……."

석 반장의 목소리가 낮아졌다.

"제가 다시 그 번민을 만나게 했군요."

승우가 말했다.

"아닙니다요. 사실 그때 어떻게든 범인을 잡았어야 했는데……."

석 반장은 고개를 떨구었다. 그도 경찰. 아홉 차례 연쇄 살인이 있고도 범인을 잡지 못했다는 수치심은 긴 시간 후에도 가시지 않은 모양이었다.

"최종 판단을 말씀해보시죠."

"지금 다시 보니… 참 어이가 없군입쇼. 여기 보면 사건현장 근처에서 몇 가지 증거가 될 만한 물건들도 나왔고 범인 정액도 있었습죠. 그때 유전자 수사기법만 있었어도……."

"……"

"범인은 대단한 지능범 같습니다요. 어쩌면 당시 수사선상에 오른 사람들 중에 범인이 있었을 겁니다요. 그건 아까 말했던 수사팀장도 그럽디다요."

"심증은 가는데 물증은 없다 그거로군요."

"지금 보면 그게 좀 억지 같지만 과거에는 대개……."

"이후 분석을 보면 자살한 용의자 중에 범인이 있었을지도 모른다고 하던데요?"

"저는 아니라고 봅니다요."

석 반장이 고개를 저었다.

"아니다?"

"그놈이 어떤 놈입니까요? 지금처럼 익명화된 시기도 아니고……. 그때만 해도 인정이 넘치는 사회였습죠. 그런 사회에서 무차별 연쇄살인을 하고… 유유하던 놈입니다요. 어쩌면 최근에 회자되는 연쇄살인범들보다도 훨씬 지능적이고 냉혹한 놈일 텐데 자기 목숨을 버릴 리가 없지요."

그건 공감이 갔다.

연쇄살인범…….

이 당시에 연쇄살인은 흔히 정신이상자들이 용의선상에 올랐다. 지금은 익숙해진 사이코패스라는 말은 이보다 훨씬 뒤에 알려지기 시작했다.

연쇄살인…….

사이코패스가 맞았다. 정신이상이 맞았다. 만약 정신이 똑바른 사람이 이처럼 무차별, 불특정 다수의 개인을 죽음으로 몰고 간다면 그게 더 공포스러울 일.

그렇다면!

이 연쇄살인범은 왜 살인을 중지했을까?

몇 가지 추론을 해보았다.

1) 어떤 사망—즉, 자살이든 사고든 질병이든 간에 살인범이 죽었다.

2) 치명적 부상—사고 등으로 부상을 입어 살인할 능력 상실.

3) 포기—사건이 커지고 수사망이 좁혀지자 체포에 대한 부담으로 살인 포기.

4) 다른 범죄로 무기징역 이상의 형을 받고 수감 중.

5) 이민.

대략 뽑은 사안은 이랬다. 다섯 가지 다 가능성은 있었다. 하지만 중요한 건, 그 무엇도 확인할 수 없다는 게 비극이었다.

"죽지는 않았다?"

"사고라면 몰라도 자살은 아니라고 봅니다요."

석 반장이 선을 그었다.

"그럼 아예 가정 속으로 들어가죠?"

승우가 방향을 잡았다.

"가정이라면……?"

"노윤애의 말이 맞다고 생각하고 접근하잔 말입니다."

"그렇다면, 범인은 2번과 3번 중의 하나일 것 같습니다."

권오길이 의견을 개진했다.

2번, 치명적 부상! 3번, 수사망이 좁혀지자 추가 범죄 포기.

"그렇게 보면 4번도 가능성이 있습죠."

석 반장이 의견을 추가했다. 무기수로 있다가 근자에 출감했을 가능성… 여기서 3번 가능성은 제외했다. 그건 김혁이 보내준 참고의견 때문이었다.

―연쇄살인범!

―그들은 결코 살인을 멈추지 않는다.

―그 목숨이 끊기기 전에는…….

왜?

그건 그게 범인에게 극한의 쾌락을 주기 때문이었다. 살인을 성공했을 때, 자신이 원하는 방법으로 사람의 목숨을 취했을 때 느끼는 비틀린 쾌감. 사이코패스들은 결코 그걸 제어할 수 없다는 것.

그동안 김혁이 쌓은 노하우 속에서도 확인이 된 사안이란다. 나아가, 그가 체포한 몇 사이코패스들도 같은 말로 방증을 했다고 했다.

〈연쇄살인범은 스스로 살인충동을 제어할 수 없다!〉

그렇다면 남은 건 두 개였다.

치명적 부상과 무기수 모범수 석방!

남은 두 개에서 전자를 지웠다. 채병길은 치명적 부상이 엿보이지 않았다. 늙기는 했지만 신체 건강했다. 여자들에 대한 추파도 은근슬쩍 즐기는 남자가 아닌가?

지이잉!

마지막 남은 무기수 모범수 리스트가 들어왔다. 마지막 사건이 일어난 23년 전 초겨울, 그때 이후에 검거되어 무기징역형 이상을 선고 받은 범죄자. 나아가 당시 30대 후반―40대 초반이며 보통 키, 그리고 보통 체구의 남자…….

확인은 쉬웠다. 그저 엔터키 하나로 족했다.

이 조건을 충족하는 사람은 전국에 네 명이었다. 결론적으로 소득은 없었다. 채병길은 그 네 명 중에 들어 있지 않았다.

"좀 쉬었다 다시 하죠."

승우는 수사관들에게 휴식을 주고 커피 한 잔을 타들었다. 그때 나수미가 들어섰다.

"검사님!"

나수미가 먼저 입을 열었다.

"어, 데려왔어?"

"예, 지금 차량에 차 수사관님과 함께 있습니다. 올라오라고 할까요?"

"아니, 우리가 내려가야지."

"우리라면?"

"수사관들 다 소집해 줘."

"전부 다요?"

"응!"

승우가 고개를 끄덕거렸다. 마치 당연하다는 듯이…….

부웅!

소형 승합버스가 출발을 했다. 그 안에는 많은 사람이 탑승하고 있었다.

우선 김혁!

김 검사는 승우가 불러내렸다. 다음으로 특수 수사관들을 배석시켰다. 최면 담당 수사관이었다. 아울러 유 계장부터 나수미까지 총출동이다. 어쩌면 소모적인 일일 수도 있었다. 그래도 승우 생각은 달랐다.

수사란 일종의 의지에 속했다. 의지는 자발적으로 나와야 했다. 그렇기에, 소속 수사관들이 먼저 공감해야 할 일이었다. 그래야만 수사에 속도가 붙을 수 있었다.

그리고 노윤애와 그녀의 법률상 부모.

나아가 한예진의 부모인 한국성과 이수정…….

이들은 모두 노윤애의 입만 바라보았다. 수사진이나 부모의 개입 없이 오직, 그녀 진술의 신빙성을 확인하는 것이다.

버스가 섰다.

"저기요, 저기 개울 너머 논이에요."

그녀가 차를 세운 곳은 정확히, 한예진이 살해된 장소였다.

"차는 저기 세우고 나를 논으로 밀었어요."

그녀가 논 두럭을 가리켰다. 눈과 목소리, 손은 마치 실제 사건처럼 떨고 있었다. 불행히도 차량 번호는 기억하지 못했다. 기억을 종합한 결과 차량은 르망 종류로 보였다. 색은 검은색.

"1992년 르망 검은색!"

그때 차도형이 지검 조회 담당 수사관에게 정보를 건넸다. 그 사이에 한국성과 이수정 부부는 몇 번이나 혼절했다 깨어났다. 사건 당일, 입었던 옷, 들었던 가방… 심지어는 신발과 액세서리까지도 일치하기 때문이었다.

다른 증언도 의심의 여지가 없었다. 그녀가 말한 장소에는 거의 모든 것이 있었다. 몇 차례 빗나간 건 세월 탓이었다.

그녀가 다니던 초등학교가 신축되었고, 그녀가 좋아하던 분식집 등이 망해서 사라진 정도. 하지만 그런 건 한국성 부부의 머릿속에 각인되어 있었기에 문제가 되지 않았다.

"검사님!"

한국성의 집.

아직도 몇 개 남아 있는 유품을 정확히 기억해 내는 그녀를 잡고, 전생의 부모들이 울음바다에 빠질 때 차도형이 승우에게 다가왔다.

"채병길… 1992년도에 검은색 르망을 타고 있었답니다."

"그래?"

"그러다 그 이듬해 1993년에 여름에 빗길에 미끄러지면서 추돌사고가 났고, 그때 다른 사람에게 팔아치웠다고 합니다."

"추돌사고?"

"예… 오래된 기록이라 간신히 찾았다는데요?"

"사고 원인도 있나?"

"원인이라면?"

"뭐 과속이라든지, 아니면 졸음운전… 혹은 상대방의 과실 그런 거 있잖아?"

"잠깐만요!"

차도형이 다시 통화를 시도했다.

"르망의 과속이었다는데요?"

그 사이에 노윤애는 한국성의 안방으로 들어갔다. 그런 다음 이수정의 화장대 앞에 멈췄다. 그녀는 낡은 향수병을 집어들었다. 에메랄드빛이 나는 향수병, 그러나 다 쓰고 남은 게 없는 빈 병…….

"이거… 내가 첫 알바로 번 돈으로 엄마 아빠 결혼기념일에 사다드린 거예요."

그녀의 눈에 눈물이 송글 맺혔다.

하느님, 맙소사!

이수정은 거기서 또 한 번 기절해 버렸다.

"어때?"

승우가 김호를 돌아보았다.

"계산 다 선 거 같은데 뭘 물어봐?"

김호가 웃었다.

"진격해야 하는 거 맞지?"

"그럼. 못 먹어도 고 같은데?"

김호의 말을 들으며 최면 수사관을 돌아보는 승우, 그도 고개를 끄덕여 공감을 표시해 주었다.

"채병길, 긴급 소환하고……."

승우는 차도형에게 소환 이외의 임무를 하나 더 안겨주었다.

채병길!

당 62세, 미혼, 미국에서 2년제 대학 졸업.

과거 직업은 상품중개상 및 컨설턴트, 현직은 꽃집 운영.

일단, 선공은 권오길과 석 반장에게 맡겼다. 어떻게 나오는지 관찰하고 싶은 승우였다.

"시작해!"

승우의 지시를 받은 권오길이 조사실로 들어갔다. 승우는 김혁, 유 계장과 함께 참관실 유리 앞에 앉았다. 특수 유리너머로 채병길의 모습이 들어왔다.

"죄목이 무엇입니까?"

테이블 앞에 앉은 채병길은 느긋해 보였다.

"1992년, 10월 11일… 어디서 무얼하고 있었습니까?"

심문에는 권오길이 나섰다. 석 반장은 그 앞에서 두꺼비 같은 모습으로 우묵하게 채병길을 바라보았다.

"몇 년이라고 하셨지요?"

채병길은 다소곳한 동시에 차분했다.

"1992, 지금으로부터 23년 전……."

"허헛, 이것 참……."

채병길이 웃었다. 어이없다는 의미였다.

"그러니까 지금 그 정신 나간 여대생 말을 믿고 나를 데려온 겁니까?"

"묻는 말에나 대답하세요."

"허어, 어이가 없군. 내가 너무 오래 살았나?"

"채병길 씨!"

권오길이 슬쩍 목청을 높였다.

"좋습니다. 뭐 일단 문제가 된다면 당신들 입장에서는 조사를 해야겠죠. 그런데 미안하지만 그렇게 옛날 일까지 기억할 정도로 내 머리가 좋은 건 아닙니다."

채병길의 포지션은 오리발에 모르쇠 전법이었다.

"그렇게 오래된 일도 아닙니다. 다른 사람들은 60년, 70년 전 일도 기억하거든요."

이 예는 이산가족이었다. 그들은 그랬다. 어떤 기억은 100년이 지나도 잊혀지지 않는 게 있었다. 그렇기에 그가 범인이라면, 고작 23년 가지고 잊혀졌을 리가 없었다.

"다시 말하는데 기억 안 납니다!"

"진심입니까?"

"예!"

"그럼 거짓말탐지기를 사용해도 될까요?"

"……?"

"뭐 떳떳하다면 못 할 것도 없지 않습니까?"

"이봐요, 대체!"

"우리도 솔직히 골치 아픈 사건이라오. 한발 양보해서 확인하고 간단히 끝냅시다."

침묵하던 석 반장이 묵직하게 조여들었다.

"좋습니다. 하지요, 대신 당신들… 후환은 각오하세요."

채병길이 갈기를 세웠다.

"내 이름은 석경표라오. 이 수사 실무 책임자니까 투서하려면 내 이름을 기억하시구려."

석 반장은 노련한 변죽으로 맞대응했다.

채병길은 자리를 옮겼다. 거짓말탐지기 검사가 실시되었다. 소득은 없었다. 그는 냉정했고, 폴리그래프에 감정의 기복을 엿보이지 않았다.

소득 무!

보고를 받은 승우, 미간이 확 구겨졌다. 거짓말탐지기로 범인임을 자백받는다는 기대는 하지 않았지만 최소한 심리적 위축이나 꼬투리 정도라도 나오길 바랐던 것.

이렇게 되면 남은 건 대질심문뿐이었다.

'하지만……'

승우는 잠시 고민에 빠졌다. 물론, 노윤애는 지금 검찰에 대기 중이었다. 언제든지 투입은 가능했다. 그러나 두 가지 문제가 있었다.

우선, 채병길이 범인이라면!

그는 완벽한 사이코패스로써 상황을 즐기는 여유까지 붙은 60대의 능구렁이. 23살의 노윤애, 아무리 피살자의 환생이라고 해도 상대가 되기 어려웠다.

둘째로 범인이 아니라면!

밖으로 알려지면 검찰 초유의 웃음거리가 될 일이었다. 환생했다는 여자의 말만 믿고 무고한 시민을 범인으로 몰아 대질심문까지 펼쳤다?

남의 나라에서 일어난 일이라면 승우조차도 배를 잡고 웃을 일이었다.

승우는 현재 가지고 있는 카드를 꺼내 보았다.

검은색 르망 승용차!

그런데 이 차는 당시 아홉 번의 사건 중, 딱 한 번만 언급된 차였다. 즉, 기타 여덟 건의 사건에서는 검은 르망이 목격되지 않은 것이다. 그러니 달랑 이것 하나를 단서로 삼아 총력전을 펼치기에는 너무나 빈약했다.

장고를 거듭할 때 사이버수사 팀에서 단서 하나가 날아왔다. 과거의 수성 연쇄살인사건과 관련된 모든 댓글과 SNS를 수집하던 중에 주목할 만한 멘트 한 줄이 나온 것이다.

〈르망—내 생의 공포의 차, 나도 자칫하면 수성 연쇄살인자 중의 한 명이 될 뻔했었다.〉

몇 해 전에 올라온 기사에 달린 댓글이었다. 이 댓글의 최초 작성자를 찾았다. 남자였다. 등산 모임에서 만난 중년 여자에게 들은 얘기라는 말이 나왔다.

수사진이 급파되었다. 신원 절대비공개를 조건으로 진술을 들을 수 있었다. 거기서 르망 자동차가 확인되었다. 한예진을 살해하기 이틀 전이었다.

그리고……

마침내 차도형이 쓸 만한 기록을 가지고 돌아왔다.

―채병길, 연쇄살인 마지막 사건 세 달 후에 교통사고로 척추손상.

―그리하여 성불구자 판정!

〈성불구!〉

차도형이 내민 당시 병원의 진단치료 기록이었다. 이때도 역시 과속을 즐기다 사고를 냈고 척추를 다쳤다. 6개월 이상의 치료로 건강은 호전되었지만 한 가지는 영원히 회복되지 않았으니 바로 성기능이었다.

죽었다.

채병길의 성기능.

연쇄살인 때마다 기괴한 방법으로 피살자들에게 성욕을 채웠던 범인. 그것으로도 모자라 여자의 주요 부위까지 훼손했던 범인. 그런데 성불구자가 되었으니?

화악!

승우의 머리에 전등이 켜졌다.

노윤애가 불려왔다. 그녀에게 세세한 질문을 몇 가지 덧붙였다. 그녀, 차마 마지막 수치로 생각하고 침묵해 온 두 가지 단서를 승우에게 들려주었다.

원래는 무(無)!

그러나 이제는 무가 아니었다.

두 개의 아이템이 보강된 것이다.

아직 숭숭 구멍이 크지만, 그래도 얽은 그물망을 손에 쥔 승우.

딸깍!

정면승부를 위해 조사실의 문을 열었다.

"노윤애 씨!"

승우의 시선이 윤애에게 맞춰졌다. 하지만,

"한예진이에요!"

그녀가 이름을 바로잡았다.

"……"

노윤애는 단호했다. 흡사 전선에 나가는 병사와도 같았다.

"좋아요, 지금 조사실에 채병길이 와 있습니다."

"수사관님에게 들었어요."

"이것도 아나요? 당신이 한예진이라면… 당신이 사고를 당한 그때부터 23년이 흘렀다는 걸……."

"네."

"그럼 이건요. 진짜 한예진은 이미 죽었고, 채병길이 범인이라도 해도 증거는 없다는 거."

"직접 당한 사람이 있는데도 증거가 필요하나요?"

"말은 맞지만… 법정에서는 인정되지 않을 겁니다. 왜냐면……."

역지사지!

승우는 그 예를 꺼내 보였다.

만약 누군가 갑자기 나타나서, 나는 환생자인데 예전에 당신이 나를 죽였다 라고 하면?

"……!"

비장미에 불타던 노윤애, 그 말에는 대답하지 못했다. 누구라도 대답할 수 없는 일이었다.

"그래서 우리는 증거가 필요합니다. 혹은 채병길의 자백이거나……."

"증거……."

"그게 최상이죠. 자백은… 법정에서 뒤집힐 우려가 있으니까요."

"검사님, 저놈은 범인이에요. 실제로 나를……."

"압니다. 하지만 법이라는 것은 감정이나 심정보다 증거를 원합니다. 당신이 죽은 20여 년 동안, 더더욱 그런 쪽으로 법 정서가 발전해 왔고요."

"그건 발전이 아닌 거 같네요."

비난이다.

승우는 변명하지 않았다.

"들어가도 되겠어요? 대면대질을 하지 않아도 대질심문은 가능합니다만."

"괜찮아요. 직접 보게 해주세요."

"노윤애 씨……."

"저 지켜주실 수 있잖아요?"

"그거야……."

"그 인간 직접 보면 더 많은 생각이 날지도 몰라요."

"하지만 충격을 받을 수도……."

"충격은… 이미 죽기 전에 다 받았어요."

노윤애의 목소리가 헐겁게 새어 나왔다. 위로조차 할 수 없는 말이었다. 그 충격……. 엽기적인 살인마의 손아귀에 걸린 여자. 그 공포와 충격을 누가 짐작이라도 할 수 있단 말인가?

"알겠습니다. 그럼……."

승우는 노윤애를 데리고 조사실로 걸었다. 문 앞에 대기 중 이던 나수미가 문을 열어주었다. 문이 열리면서, 안쪽의 채병길 모습이 드러났다. 유 계장과 함께 있는 그는 느긋하면서도 차분해 보였다.

"나가보세요."

승우, 유 계장을 복도로 내보냈다.

"……."

"……."

두 사람… 노윤애와, 아니 한예진과 채병길의 시선이 허공에서 만났다.

"한예진 씨, 시작하세요."

승우가 한예진을 바라보았다. 그러나 그녀의 시선은 여전히 채병길의 얼굴에서 움직이지 않았다. 그녀는 뜯어보고 있었다. 마치 시계를 분해해서 다시 맞추듯 정밀하고 정교하게……

"쌍년!"

그녀의 첫마디가 열렸다. 놀랍게도 욕설이었다.

"악마야, 생각나니?"

"……!"

두 번째 목소리에서 승우도 놀랐다. 목소리가 변하고 있었다. 한예진의 목소리였다. 승우는 이 목소리를 기억하고 있었다. 그러니까 그녀의 집에서 나온 그녀의 노래방 녹음테이프. 그걸 성문 분석실에 맡겼던 것이다. 그 분석 과정에 승우도 함께 했었다. 그녀……. 진화하고 있는 걸까? 이제는 몸만 노윤애였지 목소리까지 한예진으로 돌아간 것이다.

"쌍년, 좋냐?"

그녀의 목소리가 이어졌다.

"X대가리 맛 죽이지? 이거 한 번 맛보면 저절로 거시기가 저절로 벌어질 거다 이 쌍년아!"

세 번째 문장까지 나갔다. 그래도 채병길은 동요하지 않았다. 그저 빙그레, 엷은 비웃음으로 바라볼 뿐.

"나쁜 새끼, 다리를 저는 척… 문짝 싣는 걸 도와달라며 나를 속였지? 그걸 도와주자 바로 뒤에서 내 입을 막았고……."

"……."

"한적한 논 쪽으로 끌고 가 거기다 나를 처박았고……."

"……."

"파란색 속옷이라 독특하다고 개처럼 냄새까지 킁킁거렸지?"

"……."

"나 말고 셋을 죽였다고 했지? 나 이후에 죽일 여자는 이미 점찍어뒀고……. 그날은 네 기분이 좋으니 말만 잘 들으면 죽이지 않을 수도 있다고……."

탁!

채병길의 손이 탁자를 내리쳤다.

"이봐!"

그리고 채병길이 입을 열었다.

"너 소설가야? 아니면 나한테 억하심정 있어?"

"내 앞에 서서 지퍼를 내렸어."

한예진은 계속 일방통행이다.

"대체 나한테 왜 이래?"

"흐린 하늘을 등지고……"

"미쳤으면 정신병원이나 가든지… 쯔쯧!"

"그리고 물건을 흔들었지. 아랫부분에 다마를 세 개나 박았다고? 그래서 피스톤 운동을 할 때마다 여자들이 거품을 물고 오줌을 지린다고?"

"……!"

거기!

거기였다.

시니컬하던 채병길의 시선이 훅 흔들리는 게 보였다.

"더러웠어. 이 개자식… 그 잘난 다마와 엄지 한 마디만큼 툭 붉어진 왕배꼽……"

"……"

"아니, 또 있지… 내 목을 조를 때 반항하다 닿은 네 목의 흉터……. 확 쑤셔서 숨통을 끊어버리고 싶던 그 흉터……"

"미친……"

마침내!

채병길이 무너졌다. 그가 핏대를 올리며 일어선 것이다.

"앉아."

승우가 경고를 던졌다.

"이봐요. 당신, 아무리 검사라지만……."

"앉아!"

승우가 사자후를 뿜었다. 여기는 검사의 땅. 그걸 각인시키는 목소리였다. 채병길은 바로 앉지 않았다. 하지만 판세는 이미 승우 쪽으로 기울어 있었다. 누구든, 한 번 흔들리면 수습이 쉽지 않은 것이다.

노려보는 그를 닦아세워 벽으로 밀었다. 동시에 턱을 추켜세웠다.

있었다.

뭔가에 찔린 상처인지, 혹은 날카롭고 뜨거운 무엇에 덴 상처인지 움푹 깊은 상흔…….

"당신 설마?"

채병길의 콧등이 구겨지는 사이에 승우의 손은 그의 허릿춤으로 옮겨갔다.

왕배꼽!

그 또한 맞았다. 채병길의 배에서 불거진 배꼽은 방울토마토만큼이나 튀어나와 있었다.

"이건……."

"쉬잇!"

승우, 그의 입을 막고 한예진 앞에 주저앉혔다. 승우는 이미 사이코패스를 겪었다. 김혁의 조언도 받았다. 이런 인간들은 완전한 복종이 필요했다. 스스로 내부에서 무너져야만, 그걸 인정해야만 모든 것을 포기하기 때문이었다.

"한예진 씨… 23년 동안이나 오늘을 기다린 사람이야. 그러니 네 말은 그다음이야."

철저한 무시.

그건 후려치는 폭력보다 효과가 있었다. 사이코패스들은 그런 걸 참지 못한다. 그들 스스로는 신에 필적하는 인간들. 그런데 개무시라니?

"정미순은 어떻게 죽였어?"

"……."

채병길은 다시 입을 다물었다. 하지만 눈빛은 여유롭던 아까의 그 눈이 아니었다.

"쌍년!"

다시 질주하는 한예진의 일방통행.

"……."

그리고 침묵하는 채병길.

"좋냐?"

"……."

"나 솔직히 니 거시기는 금테 두른 줄 알았다. 나를 무시하길래 말이야."

"……."

"그런데 이년 좀 봐. 아주 저번에 먹고 죽인 년보다 더 지랄

발광이네. 지랄발광!"

"······!"

그쯤에서 채병길의 시선이 아래로 떨어졌다. 심경의 변화가
크게 이는 모양이었다. 신기했던 건 노윤애의 말이었다. 사실,
이때까지만 해도 승우는 그녀가 대략 짐작으로 말하는 줄 알
았다.

그런데······.

"내가 다 봤거든. 그때까지는 하늘에 가지 못했었어. 너라
는 인간이, 너라는 악마가 진짜 정미순을 죽이려는지 보려
고··· 그래서 막아주려고······."

"······!"

"그런데··· 막지는 못했어. 너라는 인간이 그 언니를 죽였을
때, 그 언니의 혼이 걸어 나와 내 손을 잡았거든. 나를 하늘로
당겼거든."

"······."

"그렇게 착한 언니를··· 너는 차마 말로도 못할······."

쫘악!

조사실에 파열음이 울려퍼졌다. 승우도 어쩌지 못하는 사
이에 그녀가 채병길의 따귀를 날린 것이다.

"이 악마, 이건 기억나니? 그 언니의 시신에 오줌을 갈기
고··· 퉤에!"

말의 말미에 침이 날아갔다.

"나한테 한 것처럼 침을 뱉은 거 말이야!"

"……."

"개새끼!"

"……."

"아니, 너는 차라리 개만도 못한 놈이야. 이 나쁜 새끼야!"

다시 그를 후려치려는 손은, 승우가 막았다.

"그 고운 손이 닿을 가치도 없는 인간입니다."

승우가 그녀를 대신해 나섰다.

"푸훗!"

채병길의 입가에 냉소가 스쳐 갔다. 그때 차도형이 들어왔다. 그는 종이 한 장을 건네주고 조사실을 나갔다. 슬쩍 내용을 읽는 승우. 표정이 밝아졌다.

"우습나?"

승우가 물었다.

"아니면? 이거 대체 검찰이라는 조직이 뭐하자는 짓인지……."

"부정인가?"

"당연히… 검사 양반, 이건 인격모독이야. 두 사람에 대한……. 정신상태가 온전치 못한 저 아가씨와 나……."

지능적인 멘트가 나왔다.

"당신은 범인이 아니다?"

"그때나 지금이나 검경의 수준은 똑같군. 그때도 사건현장

인근에 살던 사람을 다 범인 취급하더니……."

"맞아. 당신도 그때 가벼운 조사를 받고 풀려났더군."

"23년 후에 또 이 꼴이 될 줄은 몰랐지."

"나도 23년이나 지난 지금에야 그 진범을 잡게 될 줄 몰랐어."

"무고한 시민을 범인으로 몰아가겠다?"

"무고하지 않을 텐데? 피해자의 기억이 범인의 특징을 기억하고 있으니……."

"미친년의 말도 증거가 되나?"

"닥쳐, 누가 미쳤는지는 곧 드러날 테니까."

승우는 채병길을 향해 기염을 토했다.

"까봐!"

승우가 채병길을 향해 턱짓을 했다.

"다마를 확인하겠다?"

"물론!"

"이건 인권모독이야."

"인권이 아니고 수사일 뿐이지."

승우는 채병길의 말을 일축했다.

"다마가 없으면?"

"당연히 없지."

"……?"

"다시 말할까? 네 고추에는 다마가 없어."

"검사님!"

"윤애 씨는, 아니 예진 씨는 잠깐 쉬고 있어요."

승우는 노윤애를 진정시켰다.

"당신, 검사라고 사람 데리고 놀아도 되는 건가?"

"천만에, 사실을 말하고 있는 것뿐이야. 당신 거시기에는 다마가 없다는……."

승우, 채병길의 앞에 종이를 던져 주었다. 방금 전, 차도형이 주고 간 그 종이…….

"……!"

그건 채병길의 진료기록이었다. 오래되고 오래되어 초침 속으로 묻혀간 그 기록들…….

"당신… 나름 속도광이었더군. 사이코패스 기질을 도로에서도 참지 못한 거지. 누군가 내 차를 앞서가면 그 꼴은 못 보는……."

"……!"

"게다가 꼴에 제 몸 귀한 건 알아서 보험은 착실하게 들어 뒀더군. 그러다 1993년, 아홉 번째 여자를 죽이고 얼마 후에 사고가 났어. 쾅!"

"……?"

"그때부터 연쇄살인도 쾅 하고 멈췄지. 그 이유는 네가 잘 알지?"

"……?"

"선수끼리 왜 이래? 거기 보라고. 당신의 잘난 고추… 척추 신경을 다치면서 성기능이 작살났잖아? 요즘 말로 아작!"

"……"

"그래도 미련이 남아 다마는 제거하지 않았지. 그러다 몇 년 전… 결국 미련을 접었더군. 비아그라를 처방받고 성기능 치료도 받았지만 효과는 개뿔!"

"……!"

"그래서 6년 전에 외과적으로 다마를 추출했네? 한예진 씨 말처럼 아래쪽에 조르륵 달린 세 개의 다마. 크기는 앵두알 만… 재료는 조악한 칫솔 손잡이를 갈아 만든 것……. 색깔은 붉은 계통이었다던데?"

"……?"

퍼억!

승우, 시선을 굴리던 채병길의 머리를 서류판으로 후려쳐 버렸다. 그 바람에 판에 꽂혀 있던 서류들이 채병길의 눈앞에서 확 흩어졌다.

"이 개자식아, 그래서 살인을 멈춘 거잖아? 성불구가 되어서 하는 수 없이……. 다마도 염증이 심해서 하는 수 없이……. 꽃집은 그래도 오가는 여자들 냄새라도 좀 맡을까 싶어서 차렸더냐?"

"……!"

"아니냐? 아니면 내가 검사직 거마. 응?"

깐죽!

이런 건 승우에게 일도 아니었다. 세 번, 네 번······. 채병길의 볼을 톡톡 건드리는 승우. 그러다 다섯 번째, 마침내 이성을 잃은 채병길이 폭발을 했다.

"개새끼!"

턱으로 날아오는 주먹을 피한 승우, 채병길의 옆구리에 반격타를 날려주었다.

"끄으······."

휘청 숨이 막히는 그의 턱에 승우의 발이 날아갔다.

와당탕!

제대로 타격을 먹은 채병길이 벽으로 날아가 처박혔다.

"자, 이제 제대로 시작해 볼까?"

승우는 채병길 앞에 거목처럼 버티고 서서 위엄을 뿜어냈다. 분에 못 이긴 채병길이 다시 달려들었다. 승우에게는 고마운 일이었다. 조사실에서 폭력을 휘두르는 용의자. 그런 놈이라면 밤새도록 패도 문제가 되지 않을 일이었다.

퍼억!

"······!"

퍼억!

"······!"

퍼억!

"······."

세 번… 승우는 오직 그의 사타구니만 골라 찼다. 결국 그는 무릎을 접고 무너졌다.

"아직 멀었어. 최소한 아홉 번은……."

"그만!"

다시 킥을 날릴 때 그가 두 팔을 휘저었다. 그리고 승우가 원하는 말을, 자발적으로 토해냈다.

"내가 범인 맞아. 그러니 그만하란 말이야!"

그 또한 거친 발악이자 명령이었지만 들어줄 가치가 있었다. 교활한 연쇄살인마 채병길, 그가 스스로 가면을 벗는 순간이었다.

*　　　　*　　　　*

"니가… 정말 파란 빤쓰의 환생이란 말이지?"

의자에 몸을 앉힌 채병길이 우묵하게 물었다.

"맞아."

"재수 옴 붙었군."

채병길이 깊은 숨을 내쉬었다.

"검사 양반, 담배 한 대 핍시다."

승우는 그 요청을 받아주었다.

"후우!"

연기가 길게 배어나왔다. 노윤애는 그 연기도 피하지 않았다. 독한 마음을 먹은 여자. 한으로 탱탱한 여자의 모습이 어떤 건지 그 전형을 보여주고 있었다.

"어쩐지 너는 건드리기 싫더라니……."

채병길이 고개를 저었다. 벽에 어깨를 기댄 승우는 팔짱을 낀 채 채병길을 주목하고 있었다.

"이게 다 그 빌어먹을 무당 때문인가?"

그의 눈이 천장에 닿았다.

무당?

승우의 귀가 솔깃해졌다.

"그년이 용하긴 용했네. 하긴 그래서 살려주긴 했지만……."

채병길의 주절거림이 이어졌다. 하지만 그 목소리에는 이미, 체념이 가득하게 차있었다.

"무당은 또 뭐야?"

승우가 물었다.

"뭐 그런 거 있수다. 어느 날, 또 누구 목숨을 끊어줄까 하고 헌팅을 나갔는데……. 윽!"

말을 하던 채병길이 움찔했다. 얼굴에 물이 뿌려진 것이다. 헌팅이라는 말이 노윤애를 자극한 모양이었다.

"젠장!"

그는 얼굴을 훔쳐내고 다시 말을 이어갔다.

"마침 그 무당 년이 말을 붙이는 거야. 아저씨, 얼굴에 살이 꼈어요……."

그날, 채병길은 무당을 따라갔다. 작은 도로에서 멀었다. 구질구질하고 옹색한 집이었다. 펄럭이는 깃발을 보고 신당으로 들어갔다.

무당은 제법 색기가 있었다. 채병길의 눈에는 그랬다. 울긋불긋 한복 안에 감춰진 몸매가 그려졌다.

'35—25—36……'

견적도 금세 나왔다. 이제는 얼굴과 목, 손발만 봐도 몸매가 그려지는 채병길이었다.

"굿 한 번 하셔야겠어. 아니면 초상 여러 번 나."

사람은 단 둘이었다. 마음만 먹는다면 금세라도 멋대로 유린하고 숨통을 끊을 수도 있었다.

무당은 사타구니에 그게 꽂히면 어떤 신음을 낼까?

불상들 앞에서 하는 맛은 어떤 기분일까?

채병길은 기회만 노리고 있었다. 이거야 말로 제 발로 굴러온 제물에다 새로운 경험이 될 판이었다. 채병길이 매순간 기대하는 새로운 느낌과 새로운 희열…….

그런데…….

무당의 한마디가 그 기분을 싹 씻어가 버렸다.

"여자 멀리 해. 안 그러면 살 썩는 병으로 뒈지는 수가 있어."

"……?"

"아이고, 여자들 원성이 한둘이 아니네. 그중에서 파란색 빤쓰의 원성……. 어쩔 거나? 거기 한이 실렸네. 이거 안 풀어 주면 살 맞아. 꾁!"

무당은 더는 말하지 못했다. 채병길이 그녀의 목을 쥐고 눌러 버린 것이다. 눈알이 허옇게 뒤집히는 무당을 보고 채병길은 신당을 나왔다. 옷은 벗기지 않았다. 대신 복채를 던져 주었다. 만 원이었다.

무당…….

그렇게 채병길과 엮여 있었다.

실제로 23년 전 연쇄살인 때 많은 사람들이 나섰다.

무속인, 심령술사, 예언가, 거기에 더불어 풍수학자들까지. 어떤 희생자 가족은 그들의 경고를 벽보로 만들어 붙이기도 했었다.

"계속해 봐."

승우가 채병길에게 사인을 보냈다.

"어이, 파란 빤쓰!"

채병길의 시선이 다시 노윤애에게 향했다.

"거 참, 어색하네. 아무래도 내가 먹은 파란 빤쓰보다 색기(色氣)가 좀 떨어져서 말이지."

또 한 번, 물세례가 이어졌다. 채병길은 그 물을 닦아내고는 천연덕스럽게 말을 이었다.

"이보쇼, 검사 양반!"

"……"

"난 배가 고프니까 해장국이나 하나 시켜주쇼. 그동안에 이 파란 빤쓰하고 머리 짜서 증거를 찾아오면 죄다 말해드리리다. 당신들 어리바리 검경들이 알지도 못하고 넘어간 사건들까지……."

'알지도 못하고 넘어간 사건?'

여죄가 있다는 뜻이었다.

"잘 생각하면 찾을 수 있을 거야. 아니면 말고."

채병길, 그는 마지막까지도 상황을 즐기고 있었다. 참으로… 엽기적인 사이코패스가 아닐 수 없었다.

선지해장국!

그는 콕 찍어 말했다. 검찰청 주변에는 선지해장국집이 없었다. 결국 먼 곳을 수배해 네 그릇을 시켰다. 한 그릇은 배달 불가라는 업소의 방침(?) 때문이었다. 나머지 세 그릇은 다른 수사관에게 인심을 쓰고 승우는 노윤애와 마주앉았다. 승우의 옆에는 석 반장과 나수미가 포진하고 있었다.

"노윤애 씨……."

승우가 입을 열었다.

"네, 검사님!"

"부탁합니다."

딱 다섯 글자. 그러나 아주 어려운 말이었다. 여기서 부탁한다는 의미는… 사건 당시를 낱낱이 기억하라는 뜻이었다.

그러니 이보다 잔인한 말이 어디 있을까?

"해볼게요."

그녀, 가만히 눈을 감았다. 그리고, 그 지옥의 시간으로 달려갔다. 빛나는 여대생 한예진……. 생각만 해도 청조하고 순결한 젊음……. 그 빛나는 꽃의 순간에 악마의 손길이 다가왔다.

"어, 아가씨!"

좀 도와줄래요?

매너가 줄줄 넘치는 남자. 얼굴에는 선한 미소가 가득한 남자……. 게다가 막 완숙미에 접어든 꽃중년……. 물건 하나 같이 실어달라는 말을 무시할 이유는 없었다.

인적이 거의 없는 작은 도로이긴 했지만 그래도 차도. 한예진은 채병길을 도왔다. 그가 호시탐탐 기회를 노리는 것도 모른 채…….

문짝을 싣고 돌아서는 순간, 거기서 지옥이 덮쳐 왔다. 채병길은 여전히 웃고 있었지만 그 웃음은 지옥에서 올라온 야수의 그것이었다.

한예진을 제압한 채병길은 그녀를 들판으로 끌었다. 저항했기 때문이었다. 혹 차에 태우려다 목격자가 나올까 염려했던 것이다. 얼마쯤 걷자 채병길은 그녀를 빈 논바닥으로 밀었다. 비명을 질렀지만 나오는 건 신음이었다. 악마의 주먹이 배를 후려친 것이다.

증거…….

뭐가 있을까?

둑길을 떠올려 본다. 발자국이 있다. 논으로 간다. 놈은 입에 담배를 물었다. 한 모금 길게 빨고 논바닥에 버린다. 그건 경찰들이 수거해 갔었다. 하지만 23년 전이었다. 담배꽁초를 찾았지만 범인 검거로는 연결되지 않았다.

다음으로는 정액… 그러나 그 또한 경찰이 확보, 역시 범인 검거로는 연결되지 않음…….

그리고…….

한예진의 혼은 육체를 떠났다. 놈은 유유히 오줌을 갈기고 오던 길을 되돌아갔다. 침을 뱉고… 히죽 만족스러운 웃음을 머금고……. 하지만 그 무엇도 오늘의 증거는 될 수 없었다. 시간을 되돌린다면 또 모를까…….

설레설레!

한예진은 고개를 저었다. 승우가 말한, 나수미가 설명한 물적 증거……. 그에 가까운 건 떠오르지 않았다. 차에서 논까지 끌려온 거리는 불과 400여 미터. 혹 집이었다면……. 놈의 집 안에서 당했다면……. 그랬다면 모르되 들판에서 보는 건 한계가 있었다. 돌과 풀과 전봇대는 증인이 될 수 없으므로.

"조바심 내지 마세요. 시간은 얼마든지 있어요."

나수미가 그녀를 위로했다. 사실, 해줄 수 있는 말도 그뿐이었다.

"아, 한예진 씨."

보고 있던 승우, 뭔가 생각이 난 듯 입을 열었다.

"네?"

"각도를 바꿔볼까요? 정미순 씨 살해 현장도 봤다고 했죠?"

"네……."

"그럼 그때까지는 어디에 있었나요?"

"네?"

"혼으로 있는 동안… 어디에 머물고 있었냐고요?"

"어둡고 침침한 곳……."

"그게 어디죠? 분명 채병길 가까이였을 거예요. 차 아니면 집 같은?"

"아, 맞아요. 집……."

집?

"집이었어요. 거기 헛간 창고 같은 곳……. 거기 있다가 밤이면 저놈을 쫓아갔어요."

"거길 생각해 볼 수 있을까요?"

"거기?"

한예진이 쳐다보자 승우는 고개를 끄덕, 해주었다.

"천천히… 천천히……."

"집… 창고… 개……."

"……."

승우와 수사관들은 숨을 죽였다.

"악!"

거기까지 생각하던 한예진이 돌연 비명을 질렀다.

"괜찮아요?"

나수미가 그녀를 어루만지며 물었다.

"있어요. 생각났어요."

"……?"

"망치… 아니, 집게? 하여간 그런 거요. 그걸로 언니를…….
때렸어요. 입 정면……."

"조금만 더 자세히……."

"망치처럼… 그런데 끝이 집게처럼……."

"그럼 빠루망치인가 본뎁쇼?"

석 반장이 끼어들었다.

빠루망치…….

승우가 검색을 통해 화면을 보여주었다.

"맞아요. 이거예요. 이걸로… 이걸로 언니 입을 치고…….
그 끝을 언니에게……."

승우는 휘청했다.

정미순.

다섯 번째 희생자. 그러나 특이하게 이빨이 11개나 부러져
있던… 그리고 질 주변의 훼손도 눈에 띄었던……. 당시 경찰
은 이빨 상해의 원인을 주먹이나 둔기 등으로 추측하고 있었

다. 그 원인이 판명된 것이다 빠루망치였다.

"아직 있을까요?"

"남자들은 아끼는 연장은 잘 버리지 않는 습관이 있습죠. 제가 가보겠습니다요."

석 반장이 일어섰다.

"같이 가시죠."

승우도 일어섰다. 빠루망치에 의해 정미순이 죽었다면, 거기 영기의 흔적이 있을 수 있었다. 그렇다면, 석 반장보다는 승우가 더 유리할 수 있었다.

띠뽀띠뽀!

경광등을 켜고 달리며 승우는 생각했다.

사람들······.

세상에서 제일 무서운 게 사람이라더니······.

저렇게 순박해 보이는, 저렇게 매너 덩어리로 보이는 이웃집 아저씨. 그런 인간이 희대의 연쇄살인마라니··· 두 개의 얼굴을 가졌다니······.

끼익!

꽃집 앞에 멈췄다. 문은 석 반장이 열었다. 꽃냄새가 확 후각을 치고 들어왔다.

"······!"

승우는 몸서리를 쳤다. 이때만큼, 향이 추하게 느껴진 적은 없었다. 희대의 살인마를 위장하게 해준 꽃이라 생각하니 만정이 떨어진 것이다. 구석의 양동이에서는 장미꽃들이 말라 늘어지고 있었다. 주인이 없자 물이 떨어진 것. 멋대로 고개를 숙인 꽃의 종말은 채병길만큼이나 위선적으로 보였다.

꽃집 안에는 작은 내실이 있었다. 채병길 여기서 먹고 자고 있었다. 실내는 조금 어지러웠다. 이미 수사관들이 1차 수색을 했던 까닭이었다.

석 반장이 원예절단용 가위 몇 개를 찾아냈다. 하지만 빠루망치는 보이지 않았다. 구석구석 뒤져도 마찬가지였다.

"없는가본뎁쇼?"

선반까지 올려온 석 반장이 고개를 저었다.

"잠깐만요."

승우는 꽃집 가운데 서서 후움 신력을 뿜었다. 그런데, 잘 집중되지를 않았다. 꽃집 가득 들어찬 향기 때문이었다.

"외부도 좀 체크해 주시죠?"

승우, 그 핑계로 석 반장을 내보냈다. 그런 다음, 민민을 불러냈다.

"민민!"

"네?"

"이런 걸 찾아야 하는데 향기 때문에 집중이 안 되네? 좀 도와줄래?"

승우가 핸드폰 화면으로 빠루망치를 보여주었다.

"해볼게요."

착한 빠라끌리또 민민, 바로 제의를 받아들였다.

"어떤 걸 꺼내줄까?"

"검은 코끼리 멧씨요."

민민의 말이 끝나기도 전에 승우가 손톱만한 코끼리를 꺼내 놓았다.

후우웅!

검은 안개와 함께 멧씨가 날아올랐다. 민민은 그 위에서 푸른 빛으로 출렁거렸다. 꽃집을 가득 채우던 검은 연기는, 문 앞으로 흘러갔다.

"저기 있어요!"

민민이 소리쳤다. 대들보 위에 걸린 커다란 마른 북어. 그 북어 몸통을 묶은 실. 그 실과 함께 묶여 있는 게 바로 빠루망치였다.

채병길……

사람을 밥 먹듯이 죽인 놈도 액운은 막고 싶었던 모양이었다.

"반장님!"

승우가 석 반장을 불렀다.

"어이쿠, 역시 검사님은……."

의자를 놓고 빠루망치를 잡아 뗀 석 반장 눈에는 신뢰가 가득했다.

"상태도 좋은 뎁쇼?"

북어를 묶어 문 위에 걸어둔 빠루망치……. 덕분에 별로 녹이 슬지 않았다. 석 반장은 그걸 증거수집용 비닐봉투에 담았다. 미끄럼방지 고무 그립이 울퉁불퉁한 빠루망치 따위가 반갑기는 난생 처음이었다.

"……!"

빠루망치 그림을 본 채병길의 호흡이 흔들렸다.

"다섯 번째 희생자 정미순……. 이걸로 그 여자의 입을 때려 이빨을 11개 날리고 다음에는 여자의……."

승우가 피살자의 사체를 담은 화면을 흔들며 말했다. 채병길은, 후우, 호흡을 고르더니 순순히 자백을 시작했다.

네 건!

추가범죄는 무려 네 건이었다. 이전 범죄와 합치면 장장 열세 건의 연쇄살인. 단란주점에서 만난 아가씨 둘과 무작위로 헌팅한 여자들 둘. 그들 중 한 명은 50대 초반의 여자였다.

범행 시기는…….

놀랍게도 그가 한참 경찰의 추적을 받던 범행기간 중이었다. 그러니까 한두 달 뜸한 것으로 알았던 경찰, 하지만 채병길은 그때도 쉴 새 없이 살인의 쾌락을 즐기고 있었던 것이다.

"야산에 묻었소."

야산!

채병길이 자백한 야산은 모두 두 곳이었다.

"경찰 투입 요청하세요!"

승우, 유 계장에게 특명을 내렸다. 동시에 승우도 채병길을 데리고 출격을 했다. 23년 동안 유기된 시신. 23년 동안이나 변했을 지형. 예상대로 채병길은 장소를 잘 기억하지 못했다.

"이쪽 같수다."

…라고 말하면 경찰이 투입되었고…….

"거기가 아니었나?"

…싶으면 또 다른 장소를 수색하기 시작했다.

다행히 두 번째 장소에서 시신 하나가 나왔다. 물론, 민민의 활약이었다. 열두 코끼리를 총동원한 민민이 사체 유기 장소를 찾아낸 것이다. 그렇게 세 구의 시신을 찾아냈다. 하지만, 마지막 한 구는 승우까지 나서도 찾지 못했다. 23년의 시간이 너무 길었던 것이다.

산을 내려오자 수많은 기자들이 기다리고 있었다. 23년에 비해 엄청나게 빨라진 정보망. 아무리 입단속을 시켜도 SNS를 막을 수는 없었다.

"또 송 검사님이시군요? 이제 아주 수사의 신, 그분이 강림하신 것 같습니다."

"이번에도 초자연적인 촉으로 개가를 올린 겁니까?"

기자들이 질문을 던져 댔다.

"나중에 자세히 발표하겠습니다. 아직 희생자들 신원파악도 제대로 못 했습니다."

승우는 기자들을 헤치며 걸었다.

"23년 전 온 나라를 공포에 떨게 한 그 연쇄살인범이 확실합니까?"

"최초 단서는 어디서 잡았습니까?"

기자들은 끈질기게 따라왔다.

"나중에 발표한다니까요."

그럭저럭 차량까지 도착한 승우.

"피해자 한 사람이 환생을 했다고 하던데 사실입니까?"

숨을 돌리려는데 누군가 정곡을 찔러왔다.

"환생이 아니고 현몽입니다. 예지몽 말입니다."

승우가 응수했다. 기왕 새나간 정보라면 대충이라도 잡아 놓는 게 좋았다. 그러니 환생은 곤란했다. 그나마 예지몽으로 가는 게 좋았다.

"거 좀 비킵시다. 검사님이 나중에 자세히 발표한다잖아요?"

차도형이 수사관 몇을 데려와 길을 텄다. 기자들은 밀려나면서도 질문을 퍼부었지만 승우의 귀에 들어오지 않았다.

환생…….

한 희생자의 한이 응결되어 일어난 일…….

그리하여 결국 미궁에 빠진 완전범죄의 가면을 벗겨내 버린 일…….

승우, 차가 속도를 내자 겨우 안도의 숨이 나왔다. 숨 가쁘게 달려온 며칠의 피로가 겨우 내려앉는 순간이었다.

'고맙다. 민민…….'

승우는 빠라끌리또 민민의 빛을 보며 중얼거렸다. 그 말을 들었는지, 민민도 파랗게 웃고 있었다.

『빠라끌리또』 9권에 계속…

초대형 24시 만화방

신간 100%, 샤워실, 흡연실, 수면실(침대석), 커플석, 세탁기 완비

▪ 강북 노원역점 ▪

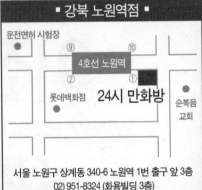

운전면허 시험장
⑨ 4호선 노원역 ⑩
② ①
롯데백화점 24시 만화방 순복음 교회

서울 노원구 상계동 340-6 노원역 1번 출구 앞 3층
02) 951-8324 (화용빌딩 3층)

▪ 일산 정발산역점 ▪

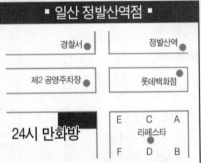

경찰서 ● 정발산역 ●

제2 공영주차장 ● 롯데백화점 ●

24시 만화방
E C A
라페스타
F D B

라페스타 E동 건너편 먹자골목 내 객잔건물 5층
031) 914-1957

▪ 일산 화정역점 ▪

덕양구청 ●
③ 화정역 ④
② ①
세이브존 ●
롯데마트 ● 이마트 ●
24시 만화방 화정중앙공원 화정동 성당

경기도 고양시 덕양구 화정동 984번지 서일빌딩 7층
031) 979-4874 (서일사우나 건물 7층)

▪ 부천 역곡역점 ▪

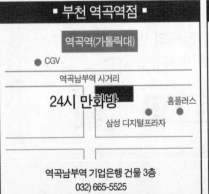

역곡역(가톨릭대)

● CGV
역곡남부역 사거리
24시 만화방 ● 홈플러스
삼성 디지털프라자 ●

역곡남부역 기업은행 건물 3층
032) 665-5525

▪ 부평역점 ▪

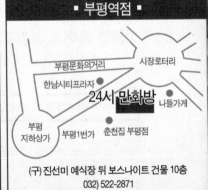

부평문화의거리 시장로터리
한남시티프라자 ● 24시 만화방 나들가게
부평 지하상가 부평1번가 춘천집 부평점

(구) 진선미 예식장 뒤 보스나이트 건물 10층
032) 522-2871

월야환담

· 채월야 ·

홍정훈 · 장편 소설

"미친 달의 세계에 온 것을 환영한다!"

서울을 중심으로 펼쳐지는 뱀파이어, 그리고 뱀파이어 사냥꾼들의 이야기!
한국형 판타지의 신화, 월야환담 시리즈 애장판
그 첫 번째 채월야!

Book Publishing CHUNGEORAM

유행이 아닌 자유추구 -
WWW.chungeoram.com

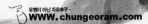

검자 新무협 판타지 소설
FANTASTIC ORIENTAL HEROES

목탁

해적으로 바다를 누비던 청년,
절해고도에 표류해… 절대고수를 만나다!

"목탁은 중생을 구제하는
좋은 이름일세."

더 이상 조무래기 해적은 없다!
거칠지만 다정하고, 가슴속 뜨거운 것을 품은

목탁의 호호탕탕 강호행에
무림이 요동친다!

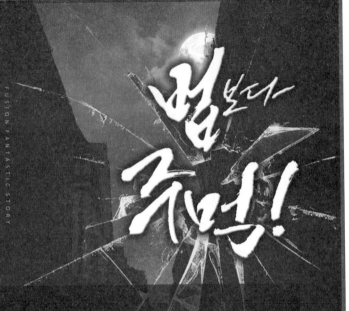

사략함대 장편소설

FUSION FANTASTIC STORY

2016년 대한민국을 뒤흔들 거대한 폭풍이 온다!

『법보다 주먹!』

깡으로, 악으로 밤의 세계를 살아가던 박동철.
그는 어느 날 싱크홀에 빠진다.

정신을 차린 박동철의 시야에 들어온 건 고등학교 교실.

그리고 그에게 걸려온 의문의 ARS는 그를 새로운 인생으로 이끄는데……

빈익빈 부익부가 팽배한 세상, 썩어버린 세상을 타파하라!

법이 안 된다면 주먹으로!
대한민국을 뒤바꿀 검사 박동철의 전설이 시작된다!

Book Publishing CHUNGEORAM

유행이 아닌 자유추구 -
WWW.chungeoram.com

연기의 신

FUSION FANTASTIC STORY

서산화 장편소설

GOD OF ACTING

PRODUCTION
DIRECTOR
CAMERA
DATE   SCENE   TAKE

무대, 영화, 방송…
모든 '연기'의 중심에 서다!

『연기의 신』

목소리를 잃고 마임 배우로 활동하던 이도원은
계획된 살인 사건에 휘말려 비참한 죽음을 맞이한다.
그런 그에게 주어진 특별한 기회, 타임 슬립.

"저는 당신의 가면 속 심연을 끌어내는 배우입니다."

이제 그의 연기가 관객을 지배한다!
20년 전으로 되돌아가 완전한 배우로서의
삶을 꿈꾸는 이도원의 일대기!

Book Publishing CHUNGEORAM